21세기 대마법사

김광수 퓨전 판타지 소설
FUSION FANTASTIC STORY

21세기 대마법사 2
김광수 퓨전 판타지 소설

초판 1쇄 찍은 날 § 2008년 12월 15일
초판 1쇄 펴낸 날 § 2008년 12월 20일

지은이 § 김광수
펴낸이 § 서경석

편집장 § 문혜영
편집책임 § 최하나
편집 § 정서진 · 유경화

펴낸곳 § 도서출판 청어람
등록번호 § 제1081-1-89호
등록일자 § 1999. 5. 31
어람번호 § 제1-1015호

주소 § 경기도 부천시 원미구 심곡동 163-2 서경B/D 3F (우) 420-010
전화 § 032-656-4452 팩스 § 032-656-4453
http://www.chungeoram.com
E-mail § eoram99@chollian.net

ⓒ 김광수, 2008

ISBN 978-89-251-1611-2 04810
ISBN 978-89-251-1609-9 (세트)

※ 파본은 구입하신 서점에서 교환하여 드립니다.
※ 저자와 협의하여 인지를 붙이지 않습니다.
※ 이 책은 도서출판 청어람과 저작자의 계약에 의해 출판된 것이므로,
  무단 전재 및 유포 · 공유를 금합니다.

21세기 대마법사 2

FUSION FANTASTIC STORY

김광수 퓨전 판타지 소설

Contents

제10장 마수를 잡다	7
제11장 루비스 상단	39
제12장 수습사제 아르미스	67
제13장 마법사 카이어	103
제14장 그녀와 함께 플라이!	141
제15장 스카이나이트와의 대결	167
제16장 블랙 와이번 용병단	211
제17장 스카이나이트를 꿈꾸다	241
제18장 황실 근위 스카이나이트	271

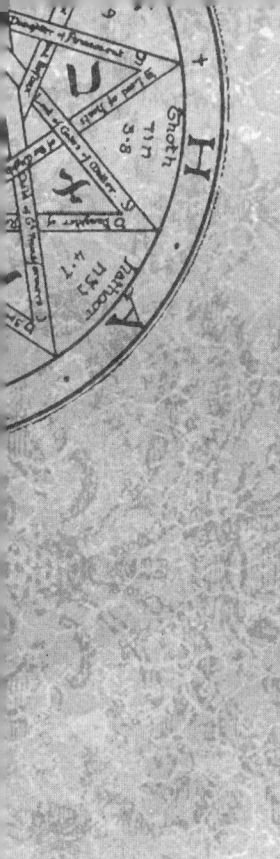

Chapter 10
마수를 잡다

21
대마법사

"거기 서, 이 멧돼지야!"
꾸에에! 꾸에에에에!
우두두! 우두두두두!
청출어람의 깊은 맛이 이런 것이리라.
지구에서는 멧돼지 때문에 바위 위에 갇혀 반나절을 고생했건만 이제는 반대로 거대한 멧돼지를 뒤쫓는 내 모습.
헤이스트 마법을 펼치지도 않았건만 발에 마나를 모으자 몸은 쏜살같이 앞으로 나갔다.
그리고 펼쳐지는 일대 추격전.

마을에서 약 2킬로 정도 떨어진 뒷산에 들어가 헤매기를 30여 분.

햇살을 받으며 바닥에서 뭘 캐먹고 있는 집채만 한 멧돼지를 발견, 곧바로 추격전을 펼쳤다.

'괜히 오러 블레이드를 실험한다고 해서 이 고생이네!'

벌써 루나 마을에서 살기를 한 달여가 되었다.

그 한 달여의 시간 동안 이 세계에서 질긴 생고무줄처럼 살아남아 지구 귀환을 위하여 많은 것들을 생각해 보았다.

마을 사람들 이야기를 종합해 보건대, 귀족이라 불리는 정치 깡패 집단에 의하여 법보다 권력, 주먹이 대접받는 곳임을 파악했다.

대책없이 나를 차원 이동시켜 버린 사부 탓에 빈약하기 그지없는 마법 실력만 소유한 나.

강해져야만 지구로 돌아가 파라다이스의 내 꿈을 펼칠 수 있기에 실력을 배양해야 함을 절실하게 깨달았다.

그리하여 나는 죽기 살기로 쌍코피 터지며 4서클 마법과 마나 충전, 검술에 매진하였다.

태어나 처음으로 이를 악물고 코피 쏟아가며 마법과 검술을 정립하였다.

지성스러운 마나 호흡으로 4서클이 출렁거릴 정도로 마나를 쌓았고, 4서클 마법을 더블 캐스팅으로 펼칠 수 있는 능력을 갖추었다.

특히 중점적으로 수련한 검술.

초등학교 입학과 동시에 무려 8년 동안 수련한 선무검도.

긴 시간 동안 상당한 시간과 노력을 투자했지만 3단밖에 딸 수 없었다.

그러나 내가 3단을 따던 날, 선무검도 최고 고수 할아버지께서 도포를 입고 찾아와 내 머리를 쓰다듬으며 검도에 천재가 났다고 했을 정도로 검술에 재능이 있었다.

'오러 블레이드, 그게 오러 블레이드였단 말이지! 크크크.'

이름만 들어보면 고상한 뭔가가 있을 것 같은 오러 블레이드.

처음에는 상당한 고심을 하였다.

사부가 가르쳐 주었던 지식들은 모두 마법에 관한 것뿐이었다.

그런 나에게 검은 고민에 빠지게 만들었다.

새로이 사부가 창안한 마나 호흡법으로 오러 블레이드를 만들 수 있다 들었지만, 그 발출 방법이 문제인 상황.

자칫 잘못하다가는 마나 폭주나 마나 공멸 현상이 발생할 수 있기에 조심 또 조심하였다.

그러던 얼마 전 우연찮게 번개 치는 절벽에서 깨달음을 얻었다.

무엇에 감싸인 듯한 파란 뇌전 줄기가 줄기차게 바다를 바람난 마누라처럼 두들겨 패는 모습에 심득을(?) 얻을 수 있었다.

'오러 블레이드······. 흐흐흐.'

지금 생각해도 짜릿하였다.

서클의 마나를 돌려 검에 서서히 주입해 갈 때의 그 손맛.

검에 전기 코드를 꽂은 것처럼 검신에서 서서히 발산되는 푸른 기운.

무협에서 말하던 검기라는 것이 내 손에 의해서 세상 밖으로 나올 때의 감동은, 우리 아버지가 나를 산부인과에서 받았을 때 눈물 콧물 흘렸다는 그 기분일 것이다.

'크으! 지금 생각해도 감동이네.'

마나가 주입될 때마다 살아 있는 생명처럼 빛을 발산하며 손을 부르르 떨게 만들었던 기의 감촉.

4서클에 이르는 마나를 모두 불어 넣었을 때, 어두운 밤 등대처럼 환하게 세상에 모습을 드러낸 내 새끼 오러 블레이드.

주체할 수 없는 감동에 벼랑 위에서 바람을 맞으며 신들린 듯 검무를 추었었다.

'오러 블레이드는 근접전에서는 최고의 공격 방법이다. 흐흐.'

무협 소설에 나오는 것처럼 바위를 두부 자르듯 할 수 있는 날카로움은 없었지만, 단단한 바위에 홈집을 강하게 낼 정도는 되었다.

'나에게 필요한 것은 실전! 멧돼지, 안타깝지만 넌 나를 위해 죽어줘야겠어.'

이미 지구에서 멧돼지와 안 좋은 추억을 만든 기억이 있기에 투실한 엉덩이를 방정맞게 흔들며 엄청난 속도로 숲을 뒤집으며 도망치는 멧돼지에 대한 강한 집념을 끄집어내었다.

한 달 동안의 고된 수련으로 제대로 된 영양 섭취를 못하였기에 멧돼지는 절대 놓칠 수 없는 필연적인 운명이었다.

'쳇, 움직이는 물체를 잡기에는 마법은 영 쓸모가 없다니까.'

게임을 좋아하던 아이들이 아침마다 교실에 모여 떠들며 했던 이야기, 마법사는 초반에 개고생하며 큰다는 말이 문뜩 생각났다.

4서클 마법사가 되었지만 조용히 숨어 비겁한 암살자처럼 마법을 날리는 것은 성격에 맞지 않았다.

검 한 자루 차고 달려가 정면으로 부딪쳐 쟁취하는 짜릿한 성취감을 맛보고 싶었다.

그리고 나는 마법 대신 검을 들고 멧돼지를 요리하려 하였고, 내가 나타나자 덩치 큰 멧돼지는 눈치를 챘는지 죽어라 도망치는 중이었다.

'저 도야지가!'

혹시 모를 위험에 대비하여 아껴두었던 마법을 펼쳐야 했다.

이렇게 쫓아가다가는 무한 체력을 자랑하는 레벨 100짜리 멧돼지를 놓칠 수도 있는 상황.

머릿속에 메모라이즈해 두었던 4서클 마법 하나를 떠올렸다.

'숲에서 펼칠 수 있는 가장 활용적인 마법은 4서클 풍계 마법의 최고봉인 윈드 커터!'

도망치는 멧돼지와의 거리는 약 10미터.

20미터까지 도망치더라도 윈드 커터라면 한 번 해볼 만했다.

'도야지! 꼭 먹고 말 테야!'

달리던 걸음을 멈췄다.

"윈드 커터!"

멈춘 상태로 두 손을 펼치며 메모라이즈해 두었던 마법을 펼쳤다.

파앗!

잠깐 대지의 마나와 공명하던 내 의지와 마나.

눈 깜짝할 사이에 푸른 마나의 빛을 번쩍이는 마법.

쉬아아아아아아아아앙!

갑자기 폭주족 아저씨의 대형 오토바이가 지나가는 듯한 굉음이 숲을 강타했다.

"헐!"

폭음과 함께 반원형의 파란 빛 칼날 수십여 개가 어느새 저 끝까지 달려가고 있었다.

방금 전까지 내 앞을 당당히 막아서고 있던 거대한 아름드리나무들과 잡목을 수십 조각으로 벌초를 하며 쏜살같이 날아가는 바람의 칼날.

"대, 대단하다!"

벼랑 위 내 자리에서 마법을 연습했지만, 이렇게 전력으로 메모라이즈해 두었던 마법을 사용해 본 적은 없었다.

심장 약하고 간이 작은 마을 사람들이 놀랄 수도 있기에 마나를 조절했던 것이다.

하지만 마음먹고 펼친 4서클 마법에 드러난 전경.

시선이 머무는 전방 20여 미터가 훨씬 넘는 곳까지 어느새 초토화되어 있었다.

"이, 이래서 마법사가 우대를 받는 것이겠지."

마법을 발현하기가 어렵지 한번 펼쳐지면 화려하고 강력한 파괴력을 소유한 마법의 힘.

갑자기 내 자신이 한없이 자랑스러워졌다.

"헛! 도, 도야지는?"

내가 만들어놓은 흐뭇한 광경에 고개를 끄덕이며 내 천재성에 대하여 고찰하고 있을 때, 문득 떠오른 방금 전까지의 생사의 목표 멧돼지 형님.

없었다.

아스팔트 도로처럼 깨끗하게 잘려 나간 숲 어디에서도 멧돼지의 커다란 덩치는 보이지 않았다.

타다닥!

급하게 멧돼지가 도망쳤던 곳으로 달려갔다.

"이, 이런… 된장."

예상대로 한 20미터쯤 도망쳤던 멧돼지.

정육점 주인이 먹기 좋게 잘라놓은 것처럼 십여 등분으로 분리된 고깃점이 쓰러진 나무들 사이에 사이좋게 널브러져 있었다.

"마수는커녕 몬스터도 한 놈 안 보이네."

과거의 공포 때문인지 루에나의 달이 떴던 지난 한 달간 마을 안에서 햇볕이나 쬐고 있던 마을 사람들.

그들이 말한 마수 구경 좀 하고 싶었지만 애꿎은 멧돼지만 잡혀 이승을 하직했다.

"흐흐, 세실이 좋아하겠지?"

분리된 멧돼지 살점 중에서 갈비와 다리 몇 개를 굵은 나무에 질긴 나무줄기 몇 개로 묶어 메고 마을로 향했다.

혼자 먹기에는 매일 감자와 보리빵만 먹고 있을 마을 사람들이 떠올라 양심에 찔렸다.

"어라? 여기 버섯이 있네?"

기쁜 마음으로 묵직한 고깃덩어리를 메고 멧돼지를 처음 발견한 곳을 지나쳐 가는 순간 눈에 띈 버섯.

멧돼지가 땅을 뒤쳐 퍼먹은 채로 갈색 버섯 수십여 개가 바닥에 모습을 드러내고 있었다.

"하아, 나뭇잎으로 가려져 있었군. 향기 죽이는데?"

숲에 들어서는 순간부터 숲이 뿜어내는 강렬한 향기에 취해 맡을 수 없었던 버섯 향기.

덮여 있던 나뭇잎을 젖히자 주먹만 한 갈색 무늬의 버섯이 달콤한 냄새를 풍겨내고 있었다.

"삼겹살에 버섯구이, 딱 좋아!"

바구니라도 있으면 좋겠지만 옷에 달린 두 개의 작은 주머니밖에 없는 상황.

버섯 중에서도 먹음직스러운 놈 몇 개를 따서 주머니에 넣었다.

"2박 3일, 야생 버라이어티 쇼! 호동이 형님 초청하면 딱이겠군."

대한민국에 있었다면 주말마다 보고 있을 2박 3일.

지금 내가 겪고 있는 이 참혹한 현실을 그들에게도 맛보게 해주고 싶었다.

'그런데 이 기분은 뭐야?'

상당한 무게감을 자랑하는 고기를 매달고 마을로 향하는 발걸음을 순간 멈추게 만드는 싸늘한 느낌.

마치 누군가 나를 바라보는 것처럼 뒷골이 뜨뜻했다.

'너무 예민한가?'

마나 때문에 감각이 발달한 뒤로 사방에서 잡다한 기운들이 느껴졌다.

'이상하네?'

고개를 갸웃거리며 발걸음을 빨리 했다.

어릴 적 전설의 고향을 보는 것처럼 머리가 쭈뼛한 느낌은 가히 좋은 기분이 아니었다.

"이, 이게 뭔가?"

"딱 보면 모르시겠습니까? 고기라는 것으로 단백질과 지방을 비롯한 갖가지 영양분이 골고루 섞여 있는, 살아가기 위해서는 꼭 필요한 필수영양소지요."

"단, 단백질? 지방? 영양소?"

나의 지구적 발언에 황소처럼 눈을 떴다 감았다 하는 얀스.

"형, 형아, 어떻게 알았어? 내가 어젯밤에 고기 먹는 꿈을 꾸었는데! 우왕! 역시 내가 세상에서 두 번째로 존경하는 카이어 형이야!"

'자식, 이제야 형님의 진가를 알아보고.'

고기를 보고 눈이 돌아간 데론의 머리를 쓰다듬어 주었다.

"숲, 숲에 가셨나요? 위험한데……."

고기를 가지고 집으로 들어서자 나무를 깎아 여러 가지 잡다한 물건을 만들고 있던 얀스와 세실.

내가 고기를 들고 나타났다는 소문을 듣고 뛰어들어 온 데론과 함께 놀란 눈으로 싱싱한 멧돼지를 보며 놀라워했다.

"자네, 정체가 뭔가? 한 달 전에는 마디르를 잡지를 않나, 이제는 위험한 숲에서 홀로 멧돼지를 잡아오지를 않나……. 혹시 과거에 용병이었는가?"

마법사라고는 생각지도 못하고 기껏 용병이라 의심을 품는 얀스.

"제가 이래 봬도 한때 좀 날렸습니다. 세실, 오늘 저녁도 기대해 볼게."

"네……."

얀스의 질문을 가볍게 흘렸다.

'부끄러워하는 모습이 꽤 귀엽단 말이야?'

얼굴을 빨갛게 물들이는 세실을 흐뭇하게 보았다.

"얀스, 혹시 이 버섯, 식용인가요?"

그리고 주머니에서 숲에서 따온 버섯을 꺼냈다.

"헉! 그, 그것은!"

"샤, 샤리프 버섯!"

'뭐야? 독버섯이야?'

버섯을 보고 놀라는 얀스와 세실.

"자네, 그걸 어디서 발견했나?"

"당연히 숲에서 발견했죠. 멧돼지 녀석이 먹고 있기에 식용인 줄 알고 캐왔는데 독버섯인가요?"

놀라는 얀스의 물음에 괜한 짓을 한 것 같은 기분이 들었다.

"가세. 어서 촌장님께 가세나!"

흥분한 얀스가 버섯에 눈동자를 고정시킨 채 나를 이끌었다.

'아니, 버섯 몇 개 가지고 왜 이리 흥분이야. 배고파 죽겠구먼.'

머릿속에 그려지는 삼겹살 구이.

잘 달궈진 석판 위에 고기를 올려놓고 양파와 버섯을 같이 구워가면서 먹는 그 맛.

입 안의 침이 꿀꺽 넘어갔다.

"오오! 신이시여! 감사합니다!"

밖으로 나가면서 성호를 그으며 신께 감사를 드리는 얀스.

나는 버섯 몇 개를 들고 그 뒤를 따랐다.

'촌장님 집에도 고깃살 좀 줘야 하는 거 아냐?'

나름대로 착한 고민을 하면서 말이다.

"이, 이것은 샤리프가 아닌가?"

"그렇습니다, 촌장님. 분명 샤리프 버섯이 맞습니다."

버섯을 보고 흥분하기는 촌장도 마찬가지였다.

"세상에! 이렇게 큰 샤리프 버섯이라면 몇 골드는 그냥 나가겠어!"

"10년 전에도 숲에서 이 정도 크기는 발견되지 않았는데……. 생전에 샤리프 버섯을 다시 볼 줄은 몰랐습니다!"

'헉! 몇 골드?'

멧돼지가 심심풀이 간식 삼아 먹던 버섯이 몇 골드나 나간다는 말에 자연스럽게 머리에 그려지는 금화.

마을이 워낙 가난하여 금화라곤 구경 한 번 못해봤기에 골드라는 말이 가지는 무게는 가벼운 것이 아니었다.

"이게 몇 골드나 나간다고요?"

"자네, 이것을 어디서 발견했나?"

"그야 물론 숲에서죠. 한두 개도 아니고 수백 개는 족히 되던데……."

"수, 수백 개나?!"

마수를 잡다 21

대충 보아하니 그 정도였다.

'와아! 도대체 이 동네 정체가 뭐야?'

잡았다 하면 몇 골드씩 나가는 물고기에 버섯까지.

머릿속이 재빠르게 돌아갔다.

'세상에 나가려면 빈손은 좀 그렇지? 마법진 연습을 하려면 마정석 가루도 필요하고, 마법사가 스테프도 없고……. 검도 튼튼한 것으로 장만해야 할 텐데.'

돈 들어갈 곳이 한두 군데가 아니었다.

'흐흐, 참치 좀 잡고 버섯 좀 캐면 되지 뭐.'

마을 사람들이야 무서워서 그런다 치지만 나는 전혀 두렵지 않은 숲이었다.

"혹시 버섯 말고도 다른 값나가는 것들이 있습니까?"

정보가 돈이었다.

"예전부터 우리 마을은 샤리프 버섯 채취로 유명한 곳이었지. 마수 때문에 용병들도 숲 속에 깊이 들어가지 못했기에 그만그만한 샤리프 버섯과 가끔씩 잡히는 마디르 덕분에 먹고살 만했어. 그리고 샤리프 버섯 말고도 나무 진액을 먹고 사는 루디 버섯, 마법사들의 연구에 쓰이는 푸이든, 카솔 같은 여러 가지 약초 등등 제법 돈이 될 만한 것이 많았지."

'욕심 안 부려도 되겠네. 마디르야 아직 두 달 정도 있어야 마을 앞바다를 떠난다고 했고, 버섯이야 바구니만 있으면 오

케이니. 크크.'

님도 보고 뽕도 따고, 꿩도 잡고 알도 얻고, 바닥 쓸고 돈도 줍고.

지금 딱 내 기분이었다.

"호, 혹시 내일 마을 사람들과 같이 가줄 수 있겠는가?"

촌장이 조심스럽게 물어왔다.

근 한 달 동안 수확한 곡물을 바라보며 한숨을 쉬던 촌장.

경작지가 줄어들어 세금을 내고 포션까지 구입하려면 턱없이 부족한 것 같았다.

"촌장님, 하지만 너무 위험하지 않겠습니까? 카이어 군은 행운의 여신 덕분에 안전하게 숲에 다녀올 수 있었지만 마을 사람들까지 몰려가면 큰일 날 것입니다."

얀스가 촌장의 말에 제동을 걸었다.

"휴우, 알지. 하지만 어쩌겠나. 며칠 내로 세금을 내러 성에 가야 하는데 가진 것이라고는 감자와 보리밖에 없는데…… 만약 이번에 세금을 내고 쓸 만한 포션을 열 개 이상 구입하지 못하면 우리 마을 사람들 모두 내년에는 농노가 되어야 할 것이야."

21세기나 여기나 먹고사는 문제는 언제나 골치 아픈 것 같았다.

있는 사람들이야 펑펑 쓰고 살지만 밑바닥 백성들은 매일 허리띠를 졸라매고 사는 것은 마찬가지였다.

'까짓것, 내 돈 드는 것도 아닌데 팍팍 도와주지 뭐.'

그리 안 해도 겨울이 오기 전에 세상에 나가고 싶었다.

4서클 마법 이후로 찾아오지 않는 깨달음을 얻기 위해서는 넓은 세상을 구경할 필요가 있었다.

"마을 사람들까지 움직이면 위험할 수 있으니 저 혼자 다녀오겠습니다."

"혼자서 말인가? 안 되네. 자네가 제법 믿는 구석이 있는 줄은 알겠지만 루에나의 달이 뜨는 달은 위험하네."

촌장이 손을 저으며 말렸다.

"혼자 가는 것이 더 편합니다. 그리고 샤리프 버섯도 한참을 걸어 들어가야 발견할 수 있습니다. 괜히 몬스터라도 만난다면 마을 사람들이 다칠 것입니다."

"그래도……."

세금과 나의 안전 사이에서 갈등하는 촌장.

"촌장님, 믿는 자에게 복이 오는 법입니다."

확고한 신념을 눈동자에 가득 담았다.

마을 사람들과 함께 간다면 아직 밝히고 싶지 않은 내 실력이 드러날 터라 꺼림칙했다.

"괜찮겠나?"

촌장님은 다시 괜찮겠느냐고 물으며 미안한 표정을 지었다.

십 년만 젊었어도 나를 따라가겠다고 나설 양반이었다.
"하하! 저만 믿으십시오. 내일 세금을 내고도 남을 만큼의 샤리프 버섯을 가득 따올 테니 말입니다."
가슴을 쭉 펴고 호탕하게 웃음을 터뜨렸다.

"어여쁜 세실은 착하기도 하여라~ 룰루~ 루루루~"
절로 터져 나오는 세실 찬양가.
촌장 집에서 돌아온 순간, 착한 요리사 세실은 먹기 좋게 고기 스튜와 숯불구이를 준비해 두었다.
거기에다 가족들이 먹을 것 이외에는 밖에 서성이던 마을 사람들에게 고깃덩어리를 나누어 주었다.
그리고 찾아온 아침.
내 몸뚱이 반만 한 끈이 달린 커다란 바구니를 메고 숲을 향해 걸어 들어갔다.
'호호, 샤리프 버섯이 그런 맛일 줄이야!'
언젠가 먹어본 적이 있는 강원도 송이버섯을 능가하는 향과 쫄깃함을 자랑하는 샤리프 버섯 맛.
어제 나의 극렬한 원으로 한 덩어리에 몇 골드나 하는 까닭에 귀족들이나 먹는다는 샤리프 버섯을 돼지고기와 함께 구워 먹을 수 있었다.
'캬아, 술 한잔 곁들이면 천국이 따로 없을 터인데.'

마수를 잡다

생각만 해도 아쉬운 그때 그 순간.

워낙 찢어지게 가난한 마을인지라 맥주를 만들 보리나 밀도 없었다. 먹고 살기에도 힘든 와중에 마시는 것에 낭비할 수 없었을 것이다.

'이번에 성에 가면 술 좀 사와야겠어.'

대한민국에서는 미성년자일지 몰라도 이곳에서는 당당한 어른 취급을 받았다.

그런 내가 가끔씩 훔쳐 먹던 아버지 양주 맛을 잊을 수 있겠는가.

여러 가지 즐거운 상상을 하며 숲으로 걸어 들어갔다.

찌릿.

'응?'

갑자기 느껴지는 미세한 날카로움.

움직이면서 경계를 늦추지 않았다.

삼합회 깡패에게 칼침을 맞은 이후로 매사에 조심을 신조로 삼았기에 기감을 끌어올려 혹시 모를 몬스터나 마수에 대비하였다.

'무언가 있다.'

어제는 긴가민가했지만 어디선가 나를 지켜보는 시선이 있음을 확연히 알 수 있었다.

'몬스터인가? 아니면 마수……?'

오러 블레이드를 사용하는 기사들도 상대하기 어렵다는 마수.

실력 확인을 위하여 놈을 한 번쯤 만나고 싶었던 나이기에 긴장을 하면서도 공포심 따위는 일어나지 않았다.

'영악한 놈이군.'

내가 긴장을 하자 어느새 기척을 감춘 놈.

숨바꼭질을 하자는 심보인 것 같았다.

'기다려 주지. 바쁜 일도 없는데.'

어차피 넘쳐 나는 것이 시간.

느긋한 마음으로 샤리프 버섯이 있는 지점을 향해 천천히 움직였다.

오른손에는 검을 움켜쥐고 머리로는 공격에 대비한 마법 주문을 생각하면서…….

"애로우!"

탁!

"흐흐, 역시 마법은 편리하다니까."

애로우에 맞아 깔끔하게 떨어지는 머리통만 한 버섯.

플라이나 레비테이션 마법을 펼치지 않고서도 10미터 이상의 높은 나무에 매달려 있는 루디 버섯을 딸 수 있었다.

"상황버섯이 이런 모양 아닌가?"

눈여겨보지 않으면 나무인지 버섯인지 알 수 없는 루디 버섯.

집에서 아버지가 술에 담가놓은 상황버섯과 비슷하였다.

"100% 자연산, 그것도 정기를 쭉쭉 빨아 먹고 자란 놈이라 약 좀 되겠는데?"

서울에서 언제 몸보신할 기회가 있었던가.

부모님이야 연로하다는 핑계로 철마다 홍삼에 자연산 토종꿀 등 몸에 좋다는 여러 가지를 챙겨 먹었다.

그러나 나에게는 서커스 맨도 아니건만 그 나이 때는 철도 씹어 먹는다는 말도 안 되는 가르침을 남기며 오로지 밥만 주었다.

'오늘 대박이군.'

멧돼지가 먹다 남은 샤리프 버섯 중 쓸 만한 것을 추려 담으니 상당한 부피를 차지하였고, 루디 버섯을 비롯하여 무언가 돈 좀 될 것 같은 버섯들을 쓸어 담았다.

"어라? 여기에 길이 있네?"

그렇게 얼마쯤 산을 헤매며 바구니를 다 채웠을 무렵, 숲에 나 있는 작은 오솔길을 발견하였다.

"헛! 이, 이것은?"

길을 바라보며 잠시 고민하고 있을 무렵, 코에 느껴지는 비릿한 냄새.

"피 냄새!"

쌍코피나 터지면 맡을 수 있는, 그 잊을 수 없는 피비린내가 갑자기 코를 찔러왔다.

타앗!

급히 자리를 박찼다.

머릿속에 드는 안 좋은 상상 하나.

'이 정도 비린내라면 분명······.'

상당한 피를 흘려야만 향기가 진동하는 숲에 배일 수 있을 것이다.

타다다닷!

마나를 활성화시키며 오솔길을 빠르게 이동했다.

그리고 잠시 후 나타난 광경에 나는 걸음을 멈춰야 했다.

"······."

거대한 숲이 끝나고 나타나는 제법 큰 능선 위의 공터.

옹기종기 모여 있는 나무집과 방책.

"오, 오크!"

처음으로 마주한 오크라는 종족.

워낙 판타지 소설이나 영화에서 많이 보았기에 한눈에 알 수 있는 오크.

모두 누워 있었다.

갈가리 찢긴 오크 시체 백여 구가 오두막과 방책 곳곳에 흩어져 있었다.

'저항 한 번 못해보고 죽었다!'

한눈에 봐도 키는 작지만 단단해 보이는 오크들의 몸뚱이. 인간들과 비슷한 창이나 검, 방패까지 갖춘 오크들이 푸른 피를 흘리며 모두 죽어 있었다.

한 번에 한 마리씩 죽은 듯 상처 하나씩을 품에 안고 말이다.

스스스스스스.

그리고 불어오는 바람 한 점.

온몸의 털이 꼿꼿이 섰다.

등을 돌리지 않아 보이지 않았지만 충분히 느껴지는 낯선 공포.

'마수!'

놈이었다.

두근두근.

심장이 뛰었다.

삼합회 깡패를 만났을 때와는 비교도 할 수 없을 정도의 날카로운 기운.

스윽.

천천히 몸을 돌렸다.

"…헛!"

신음이 조심스럽게 흘러나왔다.

정확히 15미터 정도의 거리.

황금 줄무늬가 몸에 그려진 표범 비슷한 동물이 있었다.

다만 표범과 차이가 있다면, 뻗어 나온 송곳니가 어지간한 것들은 한 방에 보낼 정도로 날카롭게 생겼다.

크르르르르!

'이놈이 죽였다.'

백여 마리나 되는 오크를 갈가리 찢어 죽인 놈.

이름은 알지 못했지만 크기가 3미터는 훨씬 넘는 놈의 몸뚱어리 곳곳에 오크의 푸른 피가 얼룩져 있었다.

"하이! 처음 보는 친구네? 하하하!"

공포를 떨치기에는 웃음만 한 것이 없었다.

전투를 치르기에는 불편한 바구니를 바닥에 내려놓고 검을 양손으로 잡았다.

'오러 블레이드를 막아낼 수 있을 정도로 단단한 가죽에 어지간한 마법도 튕겨낸다 이거지?'

젊을 때, 기사들과 마수를 잡아봤다는 촌장님의 이야기.

저서클 마법과 약한 오러 블레이드는 그냥 튕겨낼 정도로 놈의 가죽은 질기고 단단하다 하였다.

스르륵.

'발톱이 장난이 아니군.'

전투 모드로 들어가는지 감춰진 고양이 발톱처럼 쭈욱 길어지는 검은빛의 기다란 발톱.

'어지간한 사람은 보는 것만으로도 심장이 얼어붙겠다.'

왜 마을 사람들이 마수에 벌벌 떠는지 알 것 같았다.

'살벌한 게 장난이 아니군.'

마수들이나 몬스터들의 피가 끓어오른다는 기분 나쁜 계절인 검은 달, 루에나의 달에는 야성이 강해진다는 말이 사실인 것 같았다.

크르르르!

새빨간 눈동자를 빛내는 놈.

파앗!

갑자기 놈의 신형이 눈에서 사라졌다.

"헛! 에어 실드!"

콰광!

놈이 사라짐과 동시에 마법 발현이 빠른 실드 마법이 펼쳐졌고, 막 생성되기 시작한 에어 실드에 놈의 발톱이 틀어박혔다.

'빠, 빠르다!'

덩치에 어울리지 않는 엄청난 몸놀림이었다.

티코에 포르쉐 엔진을 단 것 같은 빠름이었다.

우드드득! 콰득! 콰득!

'허얼, 무식한 놈…….'

거의 다 생성된 에어 실드를 날카로운 발톱으로 찍어버리는 마수.

실드가 한계 이상의 공격에 부서져 나가려 하였다.

"이거나 처먹어!"

멍하니 실드가 부서지는 꼴을 보고 있다면 그놈은 바보 사촌이다.

검에 마나를 불어 넣으며 놈의 배를 향해 힘차게 찔러갔다.

까앙!

'옴마야! 이, 이게 뭐냐!'

괴물 급이라 생각은 했지만 이 정도로 강할 줄은 몰랐다.

내가 힘껏 내지른 오러 블레이드가 담긴 검을 발톱으로 막아내는 놈. 하지만 문제는 막았다는 것이 아니라 놈의 발톱이 강철 같다는 것이었고, 내 검은 하나이고 놈의 발은 네 개라는 것.

콰직!

실드가 산산이 부서졌다.

쉬이익.

그 순간 짓쳐들어오는 놈의 강철 같은 시커먼 발톱.

"타앗!"

마수를 잡다 33

검을 회수함과 동시에 몸을 숙이며 놈의 하체를 횡으로 베어갔다.

훌쩍.

하지만 엄청난 도약력을 발휘하며 뒤로 몸을 빼는 황금 표범.

잔상을 남기고 사라진다는 말처럼 놈은 허깨비처럼 물러났다.

'아나, 이거 4서클 가지고는 어림도 없겠는데?'

숲에 들어올 때 품었던 자신만만함과 달리 위기감이 몰아쳤다.

크르르르르르!

나에게 당했던 방금 전 상황이 기분 나쁜 듯 발톱을 혀로 핥으며 크르릉거리는 마수.

쉽게 끝나지 않을 것 같았다.

'벌써 오후가 넘어가고 있다. 달이 뜨면… 위험하다.'

한 달 전부터 보았던 루에나의 달.

커다란 쟁반 같은 은빛 달 옆으로 묵직하게 떠 있는 검은 달 루에나.

보는 것만으로도 몸이 떨릴 정도로 으스스함이 달빛에서 풍겨 나왔다.

그런 달이 곧 있으면 떠오를 것이다.

버섯 채취에 제법 깊숙한 곳까지 들어와 시간 가는 줄 몰랐다.

쇄애애애애액!

달이 뜰 필요도 없었다.

성질 급한 놈이 네 개의 발을 휘두르며 다시 공간을 좁혀왔다.

"홀드!"

메모라이즈해 두었던 3서클 홀드 마법을 펼쳤다.

멈칫.

4서클 마법사가 펼치는 홀드 마법답게 빠르게 시전되는 마법.

놈의 몸이 순간 움찔거렸다.

'기회다!'

제법 머리를 굴리는 놈이었지만 놈은 나를 너무 몰랐다.

보이지 않는 마법에 놈의 몸이 허공에서 굳은 순간, 검에 마나와 힘을 실어 힘껏 놈의 배를 찔렀다.

푸욱!

깊숙이 박히는 검의 감촉.

소름이 돋을 정도로 손에 전달되는 느낌은 강렬했다.

크아아아아아!

쉬이익.

'헛!'

하지만 배에 그깟 칼 좀 꽂았다고 놈은 죽지 않았다. 커다란 포효를 터뜨리더니 그대로 내 머리를 향해 발톱을 날려오는 놈.

"얏!"

힘껏 기합을 지르며 몸을 풍차처럼 휘돌며 뒤로 뺐다.

'위험했다!'

오러 블레이드가 담긴 검이 깊숙이 놈의 배에 박힌 것까지는 좋았지만 놈의 생명력은 말로만 듣던 트롤 이상인 것 같았다.

크아아아아아!

생각대로 공격이 먹히지 않자 하늘을 향해 포효하는 놈.

'그래, 바로 그거야!'

검을 빼앗겼지만 위기는 기회를 대동하고 방문해 왔다.

머릿속에 번쩍이는 마법 하나.

쉬아악!

성질이 지랄 맞은 놈은 배에 칼침을 맞고도 몸을 날려왔다.

"라이트닝!"

순간 터져 나오는 낭랑한 마법 영창.

놈의 가죽이 마법에 내성이 있다지만 내장까지 코팅된 것은 아닐 것.

찌지지지지지지지지직!

공중에 뜬 채로 나를 향해 날아오던 놈의 배를 향해 번개같은 라이트닝 마법이 작렬해 갔다.

깨갱! 깨개개개갱!

'엥? 뭔 개소리?'

아무리 아프기로서니 표범이 개소리를 내면 안 되는 것.

품격없이 배에 전기 침을 맞은 놈은 바닥에 떨어지며 구슬픈 똥개 울음소리를 뱉었다.

파닥! 파다다닥!

하지만 그것도 잠시뿐이었다. 입에서 게거품을 물고 부르르 몸을 떨더니 마수라 불리는 황금 표범은 그대로 사지를 벌리고 눈깔의 힘을 풀어버렸다.

툭툭 발로 놈을 건드려 보았다.

그러나 미동도 하지 않는 거대한 몸뚱이.

"움하하하하하하하! 역시 난 마법 천재야!"

완전히 할렐루야 천당으로 간 놈의 죽음을 확인하자 광소가 터져 나왔다.

아무리 생각해도 완벽한 마법 조합.

세상에 누가 있어 마법을 배운 지 일 년도 안 돼 4서클에 오를 수 있단 말인가.

사부가 팬티만 입고 쫓아와도 어림없는 성취일 것이다.

"룰루~ 돈 벌었네~ 돈 벌었어~"

마수의 가죽은 일반 칼로는 벗겨지지 않고 오러 블레이드를 사용해야만 안전하게 벗길 수 있다고 하였다.

"이제 돈 좀 벌어볼까?"

입맛을 다시며 영혼은 이미 황천길에서 울고불고 할 마수의 육신으로 다가갔다.

"사람은 죽어서 보험금을 남기고 마수는 죽어 로또를 남기는구나!"

가슴 한편으로 밀려드는 환희.

하늘은 노력하는 자에게 대박을 내리신다는 진리를 다시 한 번 확인하며 바쁘게 손을 놀려갔다.

나를 목 빠지게 기다리고 있을 세실과 얀스, 그리고 촌장님을 위해 이 기쁜 소식을 빨리 알려주고 싶었다.

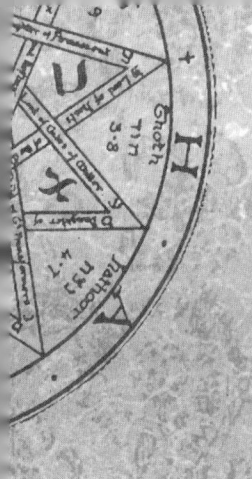

Chapter 11
루비스 상단

21세기 대마법사

"저것들은 뭐야?"

어제 내가 수집해 온 각종 버섯과 풀 쪼가리들을 보고 마을에선 축제가 열렸다.

자신들의 목숨이라 할 수 있는 감자와 밀이 아니어도 영주에게 세금을 낼 수 있다는 생각에 마을 사람들 얼굴에 오랜만에 웃음꽃이 피었다.

그리고 나는 그런 마을 사람들에게 마수 가죽은 내밀지 않았다.

그리 안 해도 숲을 혼자 돌아다니는 내 정체를 다들 궁금해하는데 마수 가죽까지 내밀면 사람들은 나를 경원시할 것이 틀림없었다.

"상인인가?"

마수와의 대결을 곱씹으며 사방이 확 뚫린 벼랑 위에서 부족한 검술에 매진하는 순간 마을로 다가오는 일단의 마차와 사람들.

대충 보아도 스무 대가 넘는 마차와 무장한 오십여 명의 사람들은 상인들과 용병들이라 생각되었다.

"상인들이 온다!"

마을 방책 위에서 망을 보고 있던 누군가의 입에서 상인들이 온다는 소리가 울렸다.

'호오, 상인들이라 이거지?'

소설에서나 보았던 이세계의 상인들.

궁금함이 뭉클 일었다.

"오늘 할 일도 다 한 것 같은데 한번 구경 가볼까?"

순박한 마을 사람들과 달리 더 넓은 세상을 알고 있을 상인과 용병들.

이제 서서히 세상에 나갈 준비를 해야 하는 나에게 그들의 등장은 반가웠다.

"나 없어도 혼자 잘 마르고 있어라~"

가죽은 응달에 말려야 한다고 하여 벼랑 위에 있는 작은 굴

바닥에 황금 표범 가죽을 말려왔다.

이곳까지 마을 사람들이 올 수도 없거니와 놀랍게도 마수 가죽을 가지고 나타난 순간 벌레도 모두 사라져 버렸는지 사방이 적막강산이었다.

평소 상습 살인을 벌였던 마수의 행실이 아주 불량했음을 증명하는 명확한 증거였다.

'용병들은 마을 출입이 안 되는군.'

절벽에서 내려오자 보이는 광경 하나.

상인들을 호위해 왔음 직한 수십 명의 험상궂은 용병들이 마을 방책 앞에 편안하게 앉아 있었다.

그리고 그런 용병들은 검 하나 차고 마을로 들어서려는 나를 유심히 바라보고 있었다.

"헤이, 꼬맹이."

'헤이? 꼬, 꼬맹이?'

상인들이 끌고 온 마차는 대부분 비어 있었다. 그런 마차를 호위하면서 따라온 용병들 중 내 옆에 있던 몇 명이 심심했던지 나를 불러 세웠다.

감히 겁대가리를 상실하고서.

"형씨들, 안녕하쇼?"

오는 말이 싸가지 있어야 가는 말이 정중한 법이다.

"형씨들? 푸하하하하하!"

"크하하하하!"

대부분 훈장처럼 얼굴과 몸뚱이에 지렁이 자국 같은 흉터를 드러내고 있는 용병들.

나의 자극이 재미있었는지 누런 이를 드러내며 웃기에 바빴다.

'이것들에게 불침 한 방씩 쏴?'

딱 보아하니 이렇다 할 마나도 없는 단단한 머리와 무식한 힘만을 숭배하는 삼류가 분명한 용병들이었다.

마음먹으면 밥 먹을 시간 정도면 충분히 어찌해 볼 수 있을 것 같았다.

"자네, 검을 쓸 줄 아는가?"

용병들 중에서 그나마 성격이 괜찮아 보이는 삼십대 중반의 남자가 눈으로 검을 가리키며 다가왔다.

"보면 모르쇼?"

용병들의 태도가 별로 마음에 들지 않았기에 심드렁하게 대답했다.

천하에 잘난 맛으로 사는 나에게 실력도 없는 것들이 놀려오니 기분이 좋을 리가 없었다.

"젊은 친구가 성격 하나 까칠하군. 어떤가? 이런 촌구석에 있지 말고 우리 용병단에 들어올 마음은 없는가? 보아하니 제법 체격도 되고 눈빛도 쓸 만하군."

'뭐야? 이, 이게 말로만 듣던 길거리 캐스팅이야?'

갑작스럽게 용병단에 들어오라고 제의하는 남자.

정직해 보이는 눈빛을 보니 거짓은 아닌 것 같았다.

"단장님, 저런 애송이를 언제 키웁니까?"

"아무리 우리 블랙 와이번 용병단이 삼류 취급을 받는다지만 애까지 받아들이는 것은……."

'블랙 와이번 용병단? 너희들이?'

딱 보아하니 삼류에 머물고 있는 참새 용병단이 이름 하나는 거창하였다.

"싫습니다."

"싫어? 이런 촌구석에서 농사나 짓다가 죽는 것보다는 사내답게 살 수 있는 용병이 좋을 텐데?"

"별로 안 당기네요. 저기 배 나온 아저씨를 보아하니."

손가락으로 친절하게 나에게 먼저 시비를 걸었던 용병을 가리켰다.

"크하하하하하! 론, 자네 뱃살이 마음에 안 든다네."

"크크크, 천하의 론이 꼬맹이에게 무시를 당하다니 오늘부터 아무것도 먹지 말게. 밥이 아까워~!"

상당히 무료했던지 용병들이 론이라는 용병을 갈구며 즐거워했다.

"이, 이 꼬맹이가!"

무식함의 대명사인 용병 아니랄까 봐 조그만 자극에 발끈하는 론이라는 용병.

뱃살이 출렁이는 거구에 들고 있는 무식한 도끼에서 제법 위압감이 느껴졌다.

"뱃살 아저씨."

조용히 씩씩거리며 황소 눈망울 같은 큰 눈을 부라리는 론을 불렀다.

"왜, 이 버르장머리없는 꼬맹이 녀석아!"

생각했던 것보다 성격은 포악하지 않는 듯 씩씩거리기만 하는 론.

"밤길 조심하세요."

"……."

나의 조용한 경고에 순간 얼어버린 론을 뒤로하고 몸을 돌려 마을 방책 안으로 향했다.

"하하하하하하하하하하!"

"아이고! 아이고! 나, 나 죽는다! 크하하하하하하하하하!"

뒤에서 들려오는 용병들의 배꼽 빠지는 웃음의 행진.

바짓가랑이를 잡고 용병이 되어달라고 사정해도 들어줄까 말까 한 삼류 용병들.

하는 짓도 딱 그 수준이었다.

'마을 사람들이 다 모였네.'

상인들과 용병들이 이 마을까지 온 이유는 하나.

무언가 거래를 하기 위함이었고, 상인들로 보이는 세 명이 촌장을 위시한 마을 사람들과 함께 마을 공터 앞에서 이야기를 나누고 있었다.

"곡, 곡물을 팔지 않겠다니요? 촌장님, 다시 한 번 말씀해 보십시오."

"허어, 입 아프게 왜 그러시나. 올해는 상단에 넘길 곡식이 없다지 않소."

버섯을 믿고 배짱을 부리는 촌장.

뒷짐을 지고 딴청을 부렸다.

"아니, 그럼 우리 상단은 어찌합니까? 저 용병들을 고용하려고 10골드나 사용했습니다."

"그거야 댁들 사정이 아니겠소. 작년에 그렇게 후려쳐서 가격을 깎는 바람에 세금을 내기 위하여 남아 있던 소와 나귀까지 팔아야 했소. 그런데 올해도 작년 가격이라니… 더 이상 할 말이 없소."

'오호라, 저놈들이 그 악독하다는 다론 상단 놈들이야?'

세금 이야기와 함께 착한 얀스의 입에서 욕이 나오게 만들었던 악독 상인 집단인 다론.

10년 전 참사 이후 다른 상단이 찾아오지 않는 틈을 타서 곡물 가격을 매년 낮춰왔다고 한다.

더욱이 다른 상단에 물건을 팔면 그 가격으로 상인들이 알아서 자작가에 세금을 납부하였기에 감자나 곡식을 따로 끌고 가 팔 이유가 없었다.

하지만 문제는 그들의 지나친 폭리.

어느 순간부터 마을 사람들이 쫄쫄 굶어가며 아꼈던 곡식도 터무니없는 가격에 사들여 간다 하였다.

'조선시대 백성들의 등골 빼먹었다는 시전 상인들이 바로 이놈들을 말하는 거였어.'

한눈에 보아도 뒤룩뒤룩 살찐 상인들은 얍삽해 보였다.

"뭘 믿고 이러시는지 모르겠는데… 이러면 곤란하실 텐데요? 이번 달까지 세금을 납부하지 않으면 다들 농노로 팔려갈 텐데…… 흐흐흐."

서서히 본색을 드러내는 상인들의 수장으로 보이는 놈.

훤히 드러난 대머리와 번들거리는 개기름 낀 얼굴, 작아서 보이지도 않는 눈은 악덕 상인의 표본처럼 보였다.

"흥! 세금을 납부하면 될 게 아니오!"

젊었을 적 제법 거친 삶을 살아왔다던 과거가 거짓이 아닌 듯 배짱을 통통 부리는 아베스 촌장.

불안한 눈빛으로 바라보는 마을 사람들과 달리 촌장은 자신만만한 포스를 풍겨내었다.

"마지막 기회요! 정말 밀과 감자를 넘기지 않을 것이오? 오늘 우리가 가면 이 촌구석까지 올 상단이 없다는 것을 명심하시오!"

당황하면서도 협박을 잊지 않는 상인.

"마음대로 하시오. 그럼 거래는 결렬되었으니 나가보시오. 자이콥 대장, 손님들이 가신다니 밖에까지 정중히 배웅해 드려."

"네, 촌장님!"

마을 자경단 단장인 허우대 좋은 자이콥 아저씨가 힘차게 대답했다.

'멋진데~!'

그동안 상단에 당한 화풀이라도 하듯 촌장은 강하게 나갔다.

"두, 두고 봅시다!"

무장을 한 자경단원들이 다가서자 겁이 난 상인들이 두고 보자며 황급히 밖으로 사라졌다.

'보는 내 속이 다 후련하네.'

악독한 한마디를 남기고 등을 돌린 이름도 모르는 상인 놈.

무언가 뒤끝이 있을 것 같다는 생각이 들었지만 크게 걱정하지는 않았다.

루비스 상단

'흐흐, 드디어 내일이구나.'

걸어서 이틀거리에 있다는 자작성에 세금을 납부하러 가기 위하여 얀스와 나는 자작성으로 떠나기로 되어 있었다.

덜컹덜컹.

그리고 상인들이 몰고 온 마차는 떠나갔다.

공수래공수거.

빈 수레로 왔다가 아무것도 거둔 것 없이 빈손으로 말이다.

"다 왔네. 저기가 바로 영주님이 거처하는 피요르 성이네."

걸어서 이틀거리에 있는 영주의 성.

세금으로 사용할 버섯과 두 개의 담요, 간단히 먹을거리를 들고 얀스와 함께 성에 도착했다.

예전에는 한 번 움직이려면 최소 이십여 명의 무장한 마을 사람들이 필요했다지만, 모두들 내 실력을 의심치 않았기에 얀스와 단둘이 마음 편히 올 수 있었다.

'대단하다!'

기중기와 각종 중장비가 없어도 큼직한 바위로 튼튼하게 만들어진 성.

지방 영주의 성임에도 불구하고 높이는 7미터 이상에 망루가 곳곳에 서 있는 전형적인 중세시대의 성 모양이었다.

"카이어, 여기서는 말조심하게. 우리 같은 평민은 말 한마디 잘못하면 바로 죽을 수 있네."

덩치에 비하여 겁이 많은 얀스가 조심하라 일러왔다.

'평민……. 하아, 내가 평민이었군.'

21세기와는 확연히 다른 이세계의 문명.

새삼 내가 평민이라는 사실을 깨닫게 되자 할 말이 없어졌다.

"들어가세."

수학여행 중 보았던 동유럽의 성들보다 큰 성.

오고 가는 수많은 사람들 틈에 껴 얀스와 함께 성문 앞에 이를 수 있었다.

"정지! 어디서 오는 자들인가?"

성벽 위에는 활을 멘 궁수들과 무장한 병사 수십 명이 망을 보고 있었고, 성문 앞에는 십여 명의 병사들이 오가는 자들 중에 수상한 자들이 없는지 검문하고 있었다.

"수고가 많으십니다요. 저희는 루나 마을에서 세금을 납부하러 온 자들입니다요."

"루나 마을? 아! 십 년 전에 불타 버린 그 마을을 말하는군."

내심 기사라는 작자들을 만나보고 싶었건만 성문 앞에 있는 자들은 체인 메일과 할버트 같은 창을 든 일반 병사들이었다.

그리고 그들 중에서 선임자로 보이는 자가 얀스와 대화를 하고 있었다.

"여기, 마을 증명패가 있습니다요."

루나 마을을 대표하는 증명패를 들이미는 얀스.

"됐다. 통과해."

얀스가 내미는 둥근 패를 귀찮다는 표정으로 바라보더니 통과하라고 하였다.

제법 많은 사람들이 왕래하는지라 우리만 붙잡고 있을 수는 없었다.

'갑옷 죽인다!'

기사들도 아닌 일반 병사들이 착용하는 평범한 갑옷이었건만 기름칠이 잘되어 햇빛에 반짝거리는 것이 감탄을 터뜨리게 만들었다.

"잠깐!"

감탄 속에 얀스를 따라 성안으로 들어가려는 순간, 한 병사가 우리를 불렀다.

"왜, 왜 그러십니까요?"

일반 평민의 전형적인 모습으로 급히 묻는 얀스.

"이자도 너희 마을 사람인가? 검은 머리칼은 보기 드문데……."

요 몇 달 햇빛에 잘 그을려 촌놈이 다 된 내 얼굴을 유심히 살피는 병사.

"저, 그……."

거짓말을 못하는 성격답게 머뭇거리는 얀스의 물러 터진 모습.

"하하, 수고가 많으십니다. 진작 인사를 드려야 했건만 워낙 모습들이 출중해서 입도 못 열었습니다. 카이어라고 합니다."

웃는 얼굴로 정중하게 인사를 하였다.

'썩을, 영주도 아니고 일개 병사들에게 고개를 숙여야 하다니!'

신분이 모든 것을 말해주는 세계.

아직 평민 레벨밖에 습득하지 못한 나는 톡톡히 밑바닥 분위기를 맛봐야 했다.

"카이어? 이름 좋구먼. 알았네. 통과하게."

웃는 얼굴에 침 못 뱉는다는 격언처럼 공손하게 말을 붙이는 내 모습에 고개를 숙이며 통과를 외쳤다.

'여기는 돈도 아니고 오직 신분이 말해주는 사회! 최소 기사라도 따야겠군.'

자격증도 아니건만 기사가 되어야겠다고 마음먹었다.

앞으로도 평민 신분으로 고개를 돌쇠처럼 숙이며 살 수는 없었다.

"수고하십시오, 나리들."

큰 소리로 외치며 등에 버섯을 메고 있는 얀스를 이끌었다.

'아무래도 안 되겠어. 얀스를 믿고 있다가는 세금도 못 내고 감옥에 잡혀 들어가겠군.'

마을에서야 믿음직한 착하고 순수한 농부 얀스였지만 이런 도시에서는 믿을 수가 없었다.

어리바리한 모습이 딱 서울에 상경한 가출 중삐리 같았다.

"얀스, 갑시다."

"응? 그, 그러세."

내가 이끄는 팔을 따라 걸음을 옮기는 얀스.

그렇게 나는 처음으로 사부의 고향 칼리얀 대륙의 성에 입성할 수 있었다.

'이곳이 상인들이 모여 있는 곳이라 했지?'

마을에서 성을 구경한 사람이 촌장과 몇 사람 안 되었고, 그중에서 한 명인 얀스는 오랜만에 성에 들어오자 정신을 못 차렸다.

특히 큼지막한 엉덩이를 흔드는 아줌마들을 보면 정신을 놓기 일쑤였다.

'미치겠네.'

어찌 이런 사람이 버섯을 팔아 세금을 내고 마을에 필요한 물건을 구입할 수 있겠는가.

 촌장님의 한 치 앞도 예견 못하는 탁한 안목에 고개를 흔들 수밖에 없었다.

 "얀스……."

 "응? 왜 그러나?"

 "침 닦아요."

 "미, 미안하네. 하도 오랜만에 와서 정신이 하나도 없네그려."

 오랜만에 정신이 없는 것이 아니라 제법 깨끗하고 화려한 복장을 한 아줌마들 때문에 혼이 빠졌다고 함이 정확한 표현일 것이다.

 "이제 버섯을 팔 겁니다. 아무 말도 하지 말고 그저 제 옆에 가만히 계십시오."

 "자네가? 알겠네."

 자신의 주제를 알고 있는지 순순히 고개를 끄덕이는 얀스.

 말이라도 잘 들어서 다행이다.

 "버섯 하나만 꺼내주십시오."

 "왜? 서, 설마 여기서 팔려고?"

 성문을 들어서자 여러 상점이 보였다.

 땅땅거리는 망치 소리와 옷감, 먹을 것과 일상생활에 필요한 물건을 파는 상점들이 빼곡히 들어차 있는 커다란 골목.

물건을 팔기에는 딱 안성맞춤이었다.

'이곳 상인들은 믿을 수 없다. 그러면 방법은 하나. 가격 경쟁밖에 없다.'

듣기로 샤리프 버섯은 쉽게 구할 수 없는 귀한 물건이라 하였다.

특히 지금 우리가 가져온 버섯은 최상품.

파는 내가 아쉬울 것이 전혀 없었다.

'좀 더 큰 성이 아닌 것이 아쉽지만 이 정도만으로도 충분하다.'

"큼큼!"

생각을 정리하고 목청을 다듬었다.

"자! 왔어요, 왔어! 날마다 오는 기회가 아닙니다! 공기 좋고 물 맑은 루나 마을에서 방금 따온 싱싱한 최상급 샤리프 버섯이 왔습니다!"

드라마에서 많이 보았던 대로 다리 정도 되는 돌덩이 위에 서서 힘차게 목청을 열었다.

"샤, 샤리프 버섯?"

"정말이야?"

처음에는 웬 미친놈이야 하는 표정으로 스쳐 지나가려던 사람들이 샤리프 버섯이라는 한마디에 놀라 눈을 동그랗게 떴다.

"어, 어디, 샤리프 버섯?!"

"오! 정말 최상품이잖아!"

얀스에게서 어른 주먹만 한 동그란 갈색 버섯을 꺼내 들자 사람들이 모여들며 탄성을 질렀다.

"캬아, 향기가 진동하는구먼!"

"세상에, 정말 탐스럽네요."

마을 사람들이 말하기를, 향기와 맛이 좋아 귀족들만 먹을 수 있다는 샤리프 버섯.

모여드는 사람들은 진품 샤리프 버섯이 풍겨내는 향기에 입맛을 다셨다.

'오늘 가져온 샤리프 버섯은 모두 70여 개. 하나에 2골드씩만 받아도……. 흐흐흐.'

모여드는 사람들 중에 샤리프 버섯을 살 수 있는 사람은 몇 명 되지 않을 것이다.

하지만 내가 샤리프 버섯을 들고 있음을 확인한 몇몇 사람들이 부리나케 사라지는 모습을 보아하니 곧 진짜 고객들이 나타날 것을 의심치 않았다.

"언제 맛볼 수 있을지 모르는 귀한 샤리프 버섯입니다. 그런 샤리프 버섯 최상품을 단돈 2골드부터 경매를 시작하겠습니다. 날이면 날마다 오는 기회가 아니니 다들 이 좋은 기회를 놓치지 않기를 바라겠습니다!"

"2, 2골드!"

"싸다! 저 정도라면 배는 남을 것 같은데……."

대한민국에서 송이버섯이 귀하게 취급받는 것처럼 이곳 사람들도 알고 있는 샤리프 버섯의 가치.

일이 생각대로 술술 풀려갔다.

'어라? 저놈들은?'

일반 평민들 말고 상인 복장을 한 이들이 허겁지겁 내가 있는 곳으로 달려왔다.

그런 놈들 중에 눈에 익은 다른 상단 놈들.

마을에서 도망치듯 사라지더니 어느새 성에 와 있었다.

'오늘 더러운 기분 한번 맛보아라! 크크.'

머릿속에 그려지는 사악한 생각 하나.

손에 들린 샤리프 버섯은 상인들이 돈을 주고서 쉽게 구할 수 없는 물건.

나야 쉽게 샤리프 버섯을 발견했지만 사실 샤리프 버섯은 그리 쉽게 발견할 수 있는 버섯이 아니라 하였다.

그중에서도 모든 이들이 이동을 꺼리는 루에나의 달에 따는 샤리프 버섯이 상품 중의 최상품으로 취급된다 하였다.

"루에나의 달에 목숨 걸고 산에 가서 채취한 샤리프 버섯입니다! 이제 대충 모인 것 같으니 바로 경매를 시작하겠습니다! 먼저 이 손에 들린 샤리프 버섯은 기념으로 1골드에서부터 시작하겠습니다!"

돈 냄새를 풀풀 풍기는 상인 십여 명이 모이자 입에 기름칠을 더하며 샤리프 버섯을 높이 쳐들었다.

'아, 역시 사람은 가정교육이 중요한 것이야!'

초등학교에 들어가는 순간부터 부모님으로부터 가끔씩 내려졌던 생존 미션.

혹시 부모님이 불의의 사고에 돌아가실 수도 있다며 나는 어머니가 만들어준 김밥을 들고 지하철 입구나 공원에서 김밥 팔기 미션을 완수해야 했다.

김밥뿐만이 아니었다.

집에 필요없는 물건들도 가끔씩 들고 나가 현찰로 바꿔 가정사에 일조를 해야 했다.

그리고 그 미션의 결과로 나는 너끈히 상인들을 홀릴 수 있는 경지에 올랐다.

"2골드에 내가 사겠소!"

'앗싸! 시작 좋고!'

어중이떠중이가 모인 틈에 있던 상인 한 명이 2골드를 외쳤다.

"3골드! 내가 사겠소!"

"4골드! 꼭 나에게 파시오!"

시작이 문제가 아니라 상인들은 미친 듯 다른 사람이 말하는 가격에 1골드를 더하며 외쳤다.

'1골드가 그렇게 값어치가 없었나?'

1골드면 듣기로 이곳의 일반 가정이 한 달을 배불리 놓고 먹을 수 있는 가치가 있다고 하였다.

대충 계산해 보아도 상당한 값어치건만 상인들은 돈을 돈으로 보지 않는 것 같았다.

"7골드! 내가 사겠소!"

그 와중에 들려오는 귀에 익숙한 자의 외침.

'자식, 열 좀 제대로 받아라.'

"낙찰되었습니다! 저기 계시는 상인 분께 4골드에 드리겠습니다!"

"뭐, 뭐야!"

"헉!"

낙찰되었다는 말에 의기양양하던 다른 상단의 뚱뚱이 상인 놈 얼굴이 보기 좋게 굳었다.

"긴장들 하지 마세요~! 물건은 많습니다! 그리고 바로 낙찰이 되면 여기 계시는 이분에게 돈을 지불하고 물건을 찾아가십시오!"

비록 3골드를 날렸지만 못된 상인 놈의 일그러진 얼굴을 보는 기회비용으로 생각하였다.

"다음 물건!"

말과 함께 얀스가 다시 버섯 하나를 꺼내 들었다.

"이번부터는 열 개씩 묶어서 팔겠습니다!"

누가 그랬던가, 장사는 엿 장사 마음대로라고.

"자! 최상품 샤리프 버섯을 열 개에 20골드부터 시작하겠습니다!"

"25골드!"

"30골드!"

"35골드!"

내가 합리적인 가격으로 판매를 하자 눈이 돌아간 상인들이 다시 게거품을 물고 손가락을 펼쳤다.

"7, 70골드!"

무슨 이유에서인지 하나에 7골드 이상을 부르는 다론 상단의 돼지 상인.

"누구 없습니까! 50골드에 열 개를 팔겠습니다!"

"50골드! 내가 사겠네!"

다론 상단 상인 놈의 말은 듣지도 않고 다른 경매인을 찾았고, 날렵한 상인이 50골드를 외쳤다.

"낙찰되었습니다! 저기 계시는 날씬한 분께 열 개를 넘겨 드리겠습니다!"

"네 이놈!"

'어라? 이놈?'

열이 받았는지 나를 향해 삿대질을 하며 이놈이라 부르는 뚱뚱이 다른 상인.

"금방 이놈이라고 했냐?"

좋게 말이 나갈 내가 아니었다.

"일개 평민 주제에 다른 상단을 무시하다니!"

"그러는 넌 평민 아니냐? 그리고 내가 언제 무시했더냐?"

얼굴이 벌겋게 달아올라 침을 튀기는 돼지.

"그, 그럼 왜 내가 부른 가격에 팔지 않는 것이더냐?"

"아, 그거? 어떡하나. 내 귀는 사람 말만 들리거든."

"뭐, 뭐라고!"

뚜껑 열리기 일보 직전의 상황인 듯 얼굴이 벌겋다 못해 퍼렇게 질려가는 돼지상인.

"그리고 내가 그 가격에 팔겠다는 데 불만있어? 아니꼬우면 네가 마수가 득시글거리는 산에 들어가 캐서 팔든가."

확인 사살은 제대로 하라 하였다.

귀를 후비며 돼지의 기분을 처참하게 만들었다.

"두, 두고 보자! 으드득!"

얼마나 한을 품었는지 이 가는 소리가 귀에 선명하게 들렸다.

"그러시든가. 그런데 오늘은 바쁘니까 다음에 보자. 알았지?"

　동네 꼬마를 다루듯 돼지를 약 올렸다.

　'자식, 독하게 마음먹었네.'

　나보다 훨씬 나이를 많이 먹었지만 사람이 사람다워야 값어치가 있는 것이다.

　돼지상인은 파란 광망을 뿌리며 나를 노려보고 사라졌다.

　"남아 있는 샤리프 버섯을 하나에 8골드씩 모두 사겠소."

　'8골드? 이건 웬 봉이야?'

　흐뭇한 시선으로 씩씩거리며 사라지는 돼지를 바라보고 있을 때 귓가에 들리는 봉의 목소리.

　"루, 루비스 상단이다."

　"쳇, 오늘은 글렀군."

　'루비스 상단?'

　좌우지간 알아야 할 것이 많은 칼리얀 대륙.

　내 눈에 삼십대 초반으로 보이는 말끔한 귀족 자제 같은 자가 나타났다.

　그자가 나타나자 다른 상인들은 입맛을 다시며 물러났다.

　"루비스라면 대륙오대상단 중 하나 아냐?"

　"우리 영지도 찾아오고, 별일이네."

　갑자기 흥미로웠던 버섯 경매를 지켜보고 있던 사람들이 자기들끼리 수군거렸다.

'대륙오대상단? 호오, 대기업이네?'

그렇게 말을 듣고 보니 나타난 자의 몸에서 광채가 나는 것 같았다.

"난 루비스 상단의 자메르라고 하네."

악덕 상인의 전형적인 모습이 다른 상단의 돼지라면, 손을 내밀며 악수를 청하는 자메르라는 자는 신의있는 상인의 모습 그대로였다.

"카이어라고 합니다."

"카이어? 특이한 머리칼과 잘 어울리는 이름이군."

'우! 동건이 형 저리 가라군.'

나와 비슷한 키의 자메르.

황금 곱슬머리에 차분한 연보라색 눈동자가 매력적이었고, 움푹 들어간 눈두덩과 높게 솟은 콧대가 미남이라 불리기에 충분하였다.

"여기서 얘기하기는 그렇고, 내가 머물고 있는 여관으로 가지."

"좋습니다. 단, 배가 고프니까 밥은 쏘십시오!"

"쏘아? 하하! 알겠네. 내 한턱내지."

아직 30대 초반이건만 나중에 상인으로 대성할 자질이 보이는 자메르.

"얀스, 가요."

"어? 어, 그래."

아직도 뭐가 어떻게 돌아가는지 파악 못한 얀스는 고개를 끄덕이며 얼빠진 모습으로 황급히 뒤를 따랐다.

Chapter 12
수습사제 아르미스

21
세기
대마법사

"크으!"

"으으!"

'흐윽! 바로 이 맛이야!'

자메르가 묵고 있는 숲의 휴식터라 불리는 여관에 들어가 바로 주문한 시원한 맥주와 여러 가지 안주.

어떻게 처리했는지 알 수 없지만 아직 더운 날이건만 입 안이 얼얼할 정도로 차가운 맥주가 대령되었고, 나는 맥주 한 잔을 시원하게 넘길 수 있었다.

그리고 느껴지는 짜릿하고 강렬한 향취의 그 맛.

홀짝거리며 아버지 몰래 마셨던 대한민국 맥주하고는 차원이 다른, 깊숙한 풍미가 제대로 발효된 맥주임을 말해주고 있었다.

"한 잔 더 마셔도 될까?"

'언제 마신 거야?'

내가 두 모금을 마시는 사이 커다란 나무잔에 담겨 있는 맥주를 모두 마셔 버린 얀스가 입맛을 다셨다.

"하하, 그러십시오. 주인장, 여기 맥주 한 잔 더!"

나를 보고 물었건만 자메르가 호탕한 웃음을 지으며 주문해 주었다.

'좋다~!'

맥주 한 잔을 떠나 세상 밖으로 나온 기분이 새로웠다.

어느 정도 실력을 배양했다면 다음 목표는 더 넓은 세상.

이왕 건달프 사부의 고향에 온 김에 제대로 유람하고 싶었다.

"8골드면 거금인데 왜 사시려는 것입니까?"

속을 알 수 없는 미소를 머금고 있는 자메르에게 궁금했던 점을 물었다.

대충 4골드 이상이면 대박이라 생각했건만 8골드를 제시한 자메르.

대형 상단에 근무하는 자가 손해볼 짓을 하지는 않을 것이다.

"정식으로 인사하지. 자메르 바인스. 루비스 상단의 열두 지배상인 중 한 명일세."

'지배상인?'

"다음 달은 풍요의 여신 세피르님의 달일세. 자네도 알다시피 세피르님은 풍요의 여신도 되지만 축제의 여신도 되시네."

'알긴 뭘 알아. 개뿔.'

마을 사람들이야 매일매일 먹고살기 바빴기에 세상에 대해 아는 것이 별로 없었다.

나 또한 살아남기 위하여 마법과 검술에 시간을 투자하느라 칼리얀 대륙에 대하여 아는 바가 별로 없었다.

"또한 이달부터 다음 달까지 귀족들은 정규 세금을 거둬들이는 시기이네."

"아!"

이제야 이해가 갔다.

'결론은, 신들이 놀라고 만들어놓은 정식 휴가일에 귀족들이 세금까지 거둬들이니 쓸 만한 물건들이 높은 값에 거래된다 이거지?'

"이해가 갔나?"

"뭐, 대충 감은 잡았습니다."

"자네는 빨리 이해할 줄 알았네."

이제 갓 30대를 넘은 나이에 말투는 오십대의 중후한 아저씨 필이 나는 자메르.

'마나 냄새가 난다. 호오, 마법사?'

마나 스캔을 해보지 않았지만 확연히 느껴지는 마나의 냄새.

상인임에도 무언가 비밀이 많은 자였다.

"방금 전, 사람들 말을 듣자 하니 본래 이런 시골 영지까지는 오지 않는 것 같던데……."

말을 줄이며 자메르를 떠봤다.

"본래는 그랬지. 각 영지에 파견된 소상인들이 구입한 물건을 지정한 장소에서 구매하여 필요한 귀족들에게 팔면 그만이었지. 그런데 올해는 유난히 쓸 만한 특산품을 구하기가 힘들었네. 특히 이곳 다피스 왕국에서 주로 생산되는 마디르와 샤리프 버섯, 루디 버섯, 라콤 차의 수매가 지지부진했네. 영주들이 몬스터와 마수 토벌에 힘을 집중하지 않고 국왕 선출 문제로 파벌을 형성하느라 정신이 없기 때문이었네."

필요 이상의 많은 정보를 말해주는 자메르였다.

'국왕 선출? 그럼 내전이라도 일어난다는 거야?'

소설에서 많이 읽었던 이야기의 구조.

"내전이 일어날까요?"

"음… 아마 그 정도 상황까지는 가지 않을 것이야. 다피스 왕국은 소국인데다가 주변에 강대국도 많기에 스스로 자멸의 길을 걷지는 않을 것이야."

'머리 아프다. 내가 걱정할 일도 아닌데 뭐. 그런데 마디르 라고 했지?'

구입하기가 어렵다는 마디르.

내가 젖 먹던 힘까지 뽑아내어 잡아봤으니 그 수확의 어려움이야 말할 것도 없다.

워낙 힘이 좋은 놈이라 어지간한 배는 뒤집어 버릴 것이고, 마법사나 오러 블레이드를 사용할 수 있는 기사가 천한 어부 질을 할 것도 아닐 테니 평민들만의 힘으로는 잡기 어려울 것이다.

"휴우, 처음 본 자네에게 별 이야기를 다 하는군. 오늘 고마웠네. 자네 덕분에 최상품 샤리프 버섯이라도 얻게 되어 이곳에 온 목적은 어느 정도 달성할 수 있었네."

냉철한 상인의 모습이었건만 그 속마음은 다른 일반 사람들처럼 걱정이 많은 것 같았다.

'대기업 회장이나 거지나 하루 세 끼 먹고사는 게 힘들기는 마찬가지라더니.'

시골에 계시는 할아버지가 항상 하시는 말씀.

잘난 놈이나 못난 놈이나 밥 먹고 똥 싸는 것은 다 똑같다고 하셨다.

다만 노력 여하에 따라 좋은 밥 먹고 황금 똥을 싸느냐, 거친 밥 먹고 변비 똥을 싸느냐의 문제만 있다 하셨다.

"마디르를 잡아도 그 유통 방법이 문제가 아닙니까? 겨울이 아닌지라 쉽게 상하기도 할 텐데……."

다시 궁금한 것을 낚시질하며 던졌다.

"과거부터 마디르가 이곳 타일만 해역을 지나가는 석 달 동안의 이 시기에는 마디르를 잡을 수 있는 각 어촌에 마법 냉동고와 함께 상인들을 상주시켰네. 그런데 올해는 갑자기 바다 몬스터들이 극렬하게 활동하는 바람에 바다에 나갈 수 있는 날이 별로 없다는 것이야. 아무리 바다에 죽고 사는 어부들일지라도 눈 뜨고 목숨을 잃고 싶지 않은 건 다 똑같은 마음일 것이네."

"맞아. 십 년 전만 해도 우리 마을에도 이 시기에는 상인들이 마법 냉동고를 가지고 와서 죽치고 있었지. 위험해서 몇 마리 잡지도 못했지만 마디르를 잡는 날은 마을 축제일이 되었지."

맥주를 홀짝이던 얀스가 한마디 거들었다.

'마법 냉동고. 그래, 이곳에는 마법이 있었지?'

21세기에 전기냉장고가 있다면 이곳 세계에는 마법이 있었다.

'흐흐, 그리고 나는 천재 마법사고.'

갑자기 만나게 된 루비스 상단의 자메르 상인.

신이 주신 인연임이 분명했다.

"그럼 올해는 가격이 제법 비싸겠네요?"

"100킬로 이상 나가는 특품은 한 마리에 35골드까지 받을 수 있지. 바다가 접하지 않는 내륙지방의 귀족들은 특히 연회에 마디르 요리를 준비하는 것이 필수이니 말이야."

'오오오오오! 35골드!'

마을 앞바다에 펄떡펄떡 집 나온 병아리처럼 뛰어노는 참치가 30골드 이상이라는 말에 입이 찢어지기 일보 직전이 되었다.

"몇 골드가 아니라 3, 35골드요?"

나에게 몇 골드라는 잘못된 정보를 알려주었던 얀스도 놀랐다.

"그렇습니다. 워낙 물건이 달리다 보니 부르는 게 값인 상황입니다."

대상단의 제법 지위가 있는 자이건만 시골 농부인 얀스에게도 경어를 사용하는 자메르.

배포도 크고 성품도 쓸 만하였다.

"며칠 안에 그 마법 냉동고라는 것을 몇 개나 구할 수 있습니까?"

수습사제 아르미스 75

"마법 냉동고? 마디르를 구할 수만 있다면 수백 개도 바로 대령할 수 있지. 그런데 그건 왜 묻나?"

'묻긴 왜 물어, 한밑천 당기려고 그러지.'

"잘하면 마디르를 구할 수도 있을 것 같은데……."

속마음과 달리 맥주를 홀짝거리며 딴청을 피웠다.

"저, 정말인가?"

여태 침착함을 유지하던 자메르가 벌떡 자리에서 일어나며 큰 소리로 물었다.

"100킬로짜리 이상으로 한 마리당 40골드. 물론 상처도 별로 없는 최상품으로. 어떻습니까?"

"45, 아니, 그 정도 물건이라면 50골드를 쳐주겠네! 정말 구해줄 수 있는가?"

'와우! 화끈하시네!'

생각지도 못한 대박 신화였다.

일개 참치 한 마리 가격이 마을 세금과 맞먹는 현실.

그럴 수도 있을 것이라 생각했다.

귀족들 영지에 루나 마을 같은 곳은 수백 곳도 더 있을 것이고, 돈보다는 명예를 중요시할 것이니 돈이 돈이 아닐 것이다.

'나도 영주 한번 해봐?'

내 꿈인 파라다이스의 이상향과 비슷한 영주라는 작위.

'그래, 왜 여태 그걸 생각 못했을까!'

지구에 돌아가기 위해서는 최소 사부와 같은 경지인 8서클에 이르러야 가능할 것이 분명한 현실.

언제 찾아올지 모르는 깨달음을 무의미하게 기다리느니 이곳 대륙에 파라다이스, 나만의 왕국을 건설하는 것도 나쁘지 않았다.

아니, 갑자기 가슴이 뭉클거리며 희망이 수돗물처럼 콸콸 샘솟았다.

"장담은 못하겠지만 한번 구해보겠습니다. 그것보다 먼저 샤리프 버섯 값을 주시겠습니까? 세금도 내야 하고 이것저것 살 것도 많은데……."

"하하, 물론이지! 테리슨, 돈을 가져와라."

"네, 지배상인님!"

여관 안에서 우리를 지켜보고 있던 상인들 중 한 명이 큰 소리로 대답하며 다가왔다.

"총 59개. 8골드씩 계산에, 자잘한 물건도 많으니 한 개 더 구입한 셈치고 480골드로 하시죠?"

"그러도록 하지. 물건은 확인됐으니 480골드 지불해라."

"알겠습니다."

철그렁.

자메르의 말이 끝나기가 무섭게 묵직한 주머니를 품에서 꺼내는 테리슨이라는 자.

주머니를 열고 정확히 황금빛 동전을 꺼내어 세기 시작했다.

'돈, 돈이다! 그것도 골드! 움하하하하하하하!'

전생에 돈에 환장해서 죽은 기억이 없건만 누런빛을 발하는 황금에 입이 저절로 벌어졌다.

누가 그러지 않았던가.

먹고 죽은 귀신, 때깔도 곱다고.

"카, 카이어, 꿈인가, 생시인가?"

난생처음 만져 보는 거금을 품에 껴안고 사방을 경계하며 벌벌 떨며 묻는 얀스.

'이 정도를 가지고 놀라시기는.'

내 목숨 값으로는 아직도 턱없이 부족하였다.

어찌 세상에 하나뿐인 내 생명 값이 골드 몇 푼이겠는가.

"저곳이 행정관 건물이죠?"

"맞는 것 같네."

'영주라는 작자는 왕성 저택에 가서 몇 년째 코빼기도 안 보인다 이거지? 그리고 행정관이라는 놈이 마음대로 영지를 해 처먹고 말이야.'

샤리프 가격을 계산 받은 후, 이 영지에 대한 정보를 자메르를 비롯한 여관 주인에게 습득했다.

'썩을 놈, 행정관이면 공무원에 불과하거늘 다른 상단과 짜고서 막대한 부를 축적하고 있다 이거지?'

더 열받는 것은 이 행정관이라는 자가 영지민들의 목숨에는 관심없고 다론이라는 상단과 짜고 영지민들의 주머니를 탈탈 털고 있다는 사실이었다.

"멈춰라! 어디서 오는 누구더냐?!"

'기, 기사! 드디어 기사를 보는구나!'

성 중심부에 자리 잡은 담장이 높게 둘러쳐진 영주의 저택 앞에 존재하는 행정관 건물.

2층 건물 앞의 입구는 탄탄한 은빛 갑옷을 착용한 기사와 병사 십여 명이 경비를 서고 있었다.

"카이어, 무조건 고개를 숙이게. 기사 나리께 잘못 보이면 바로 죽음이야."

황송하다는 표정으로 고개를 숙이며 나직이 경고를 날리는 얀스.

'007 살인면허도 아니고……'

두려움에 떠는 얀스의 모습에서 거짓이 아님을 확인하고 나도 고개를 숙였다.

"저, 저희들은 세금을 내러 온 루나 마을 사람들입니다요."

"루나 마을? 그 마을이 아직도 남아 있나?"

성문의 병사들과 별반 다를 게 없는 기사의 반응.

"들어가라."

"감사합니다요, 나리."

'에계, 뭐야? 기사라는 작자의 마나가.'

행정관을 수비하는 기사의 몸에서 발산되는 쥐꼬리만 한 마나량.

스캔을 해볼 것도 없이 마나량이 적다는 것을 느낄 수 있었다.

'저런 기사라면 눈감고도 상대하겠다.'

자만심이 아니라 기사라고 해도 감흥이 오지 않았다.

그렇게 나는 얀스를 따라 행정관이라 불리는 곳으로 들어갈 수 있었다.

"루나 마을에서 왔다고?"

"그, 그렇습니다요."

'저 작자가 행정관?'

배 나오고 쥐눈의 간신배를 상상했건만 눈에 보이는 행정관이라는 자는 사십대 중반의 기사였다.

'마나가 제법이다.'

밖에 서 있는 기사와 비교할 수 없을 정도의 기운을 풍겨내는 행정관.

집무실에서조차도 허리에 검을 찬 채 사각턱에 남성미가

물씬 풍기는 전형적인 기사의 모습이었다.

"음, 영지에 힘이 모자라 보살피지 못하였건만 아직까지 마을을 유지하고 있다니 다행이군."

'얼라리요? 행정관 맞아?'

생각지도 못한 착한 말을 뱉어내는 행정관.

말투에 정말 루나 마을을 걱정하는 진심이 배어 있었다.

"아닙니다요. 자랑스러운 피요르 영지 주민이라는 것만으로도 신께 감사드릴 뿐입니다요."

걱정과 달리 아부도 곁들이며 말을 잘 이어가는 얀스.

촌장님이 골라 보낸 이유가 이것이었나 보다.

"그렇게 말해주니 고맙다. 올해 책정된 세금이… 여기 있군."

행정관이라고 하기에는 무언가 이상한 기분이 들었다.

말하는 품새가 기품있고 행동 하나하나에 귀족다운 무게감이 있는 남자.

"총 30골드로 적혀 있는데, 맞는가?"

"네? 3, 30골드요?"

서류 한 장을 집어 들고 세금이 30골드라 말하는 행정관.

당연히 얀스는 당황하였다.

"아닌가? 마을 주민이 200여 명 정도에 소출은 얼마 되지도 않고… 독립 마을이라 세율을 30%로 잡았건만 너무 많은가?"

'자식이 사람 놀리나.'

올봄에 병사들을 보내어 50골드의 세금을 내라 명령하였다는 행정관.

얀스와 나의 얼굴을 번갈아 보았다.

"아, 아니, 그게 아니라… 저희 마을은……."

덜컹.

얀스가 막 50골드라는 말을 꺼내려는 순간, 우리가 들어섰던 문이 활짝 열렸다.

"헉! 영, 영주님! 언제 오셨습니까!"

'뭐, 뭐! 영주?!'

문을 열고 들어서던, 배가 씰룩 나오고 쥐눈에 욕심이 온몸에서 줄줄 흐르는 자의 입에서 터져 나오는 영주라는 이름.

"뭣들 하느냐! 감히 어느 안전이라고 고개를 빳빳이 쳐들고 있느냐! 네놈들은 영주님 모습도 모른단 말이더냐!"

방귀 뀐 놈이 성 낸다고, 서 있는 우리를 향해 소리를 지르는 간신배 같은 놈.

"하하! 트리모 행정관, 괜찮네. 오랫동안 수도에 머문 내 잘못이지."

"영주님을 뵈옵니다!"

얀스가 무릎을 꿇고 왕을 대하듯 고개를 바닥에 대었다.

구깃구깃.

동시에 오른손으로 내 바지를 잡고 끌어내렸다.

"여, 영주님을 뵈옵니다."

'으아아! 자존심 상해!'

설날에 세뱃돈을 받기 위하여 큰절 올린 것 빼고는 태어나 고개를 이리 숙여본 적이 없는 나.

영주라는 자에게 고개를 숙이며 최대한의 예를 표해야 했다.

'씨이! 영주, 반드시 먹고야 말리라!'

영주가 되기 위한 또 하나의 이유가 생겼다.

평민 레벨로는 어디 가서 고개만 숙이고 다녀야 함이 분명한 상황.

절대 아스팔트 껌딱지처럼 바짝 엎드려 비굴하게 살 수는 없었다.

"그런데 트리모 행정관, 루나 마을에 올해 책정된 세금이 30골드가 아닌가?"

두툼한 서류를 들고 세금에 대하여 묻는 영주.

"맞, 맞습니다요. 자비로우신 영주님의 은혜로 독립 마을임에도 세율을 30%로 책정하였습니다요."

잠시 당황하더니 손을 비비며 뻔뻔하게 대답하는 트리모라는 자.

'확 불어버려?'

돌아가는 상황을 보아하니 영주 몰래 엄청난 세금을 삥땅 치고 있음이 확실했다.

"자네들, 영주님 앞에서 무슨 말을 했는가?"

고개 숙인 얀스와 나를 향해 힘이 잔뜩 들어간 채 꾸중을 하는 트리모.

"저들은 아무 말도 하지 않았네."

"그렇습니까요. 헤헤. 무지렁이 같은 자들이 가끔씩 헛소리를 하는 경우가 많아서 말입니다."

'무지렁이?!'

천하의 강혁을 일개 지렁이 사촌으로 만들어 버리는 개 잡종 같은 행정관 놈.

놈의 두툼하게 살찐 얼굴을 기억 속에 깊숙이 짱박아두었다.

"세금은 30골드가 맞네. 여기 트리모 행정관에게 납부하게."

"영주님, 저택으로 가시려는 것입니까?"

"그래야지. 자이건 녀석이 밥을 먹을 시간인데 하인들이 놀랄 수도 있으니 그래야지."

"그럼 잠시 후에 찾아뵙겠습니다요."

"그럼 수고하게."

"안녕히 가십시오, 영주님."

어떤 놈인지 몰라도 영주가 밥을 챙겨줘야 할 놈이 있는 것 같았다.

뚜벅뚜벅.

영주는 그렇게 열린 문을 통해 밖으로 나갔다.

"루나 마을에서 왔다고?"

"네, 네, 영주, 아니, 행정관님."

영주 때문에 혼이 반쯤 나간 얀스가 황급히 대답했다.

"자네들이 방금 전 들었던 말은 어디 가서 발설하지 않는 것이 좋을 것이야. 그리고 세금은 50골드네. 자비로우신 영주님이, 있어도 도움도 안 되는 자네들 때문에 세금을 적게 거둬서 영지 운영이 힘들어. 그래서 내가 이렇게 할 수밖에 없으니 그리 알게."

'와아! 이렇게 뻔뻔하다니!'

얼굴에 강철판을 용접했는지 아무렇지도 않게 20골드라는 세금을 더 거둬들이는 행정관 트리모.

듣기로 영지에 수백 개의 마을이 있다 했으니 착복하는 돈이 어마어마하다는 것을 짐작할 수 있었다.

'이놈, 기다려라. 내가 이몽룡은 아니더라도 네놈은 꼭 골로 보내 버릴 것이야!'

어디 할 짓이 없어서 불쌍한 평민들 등골을 빼먹는단 말인가.

"여기 있습니다요, 나리."

준비한 50골드를 내미는 얀스.

나에게는 몇 푼 안 되는 금액이지만 나를 만나지 않았다면 마을 사람들의 피땀이 저기 들어 있을 것이다.

"그런데 자네들이 애써 찾아간 라이안을 내쳤는가?"

"라이안이라 하심은……."

"이런, 기억을 못하고 있군. 내가 여기까지 올 수고를 덜어주기 위하여 다른 상단의 라이안을 보냈건만 매정히 거절했다고 하던데… 지켜보겠네."

'썩을 놈. 대놓고 강탈에 협박까지. 넌 죽었다고 복창해라.'

오성그룹 황태자 황성택보다 더 싸가지없는 놈을 처음으로 발견한 기쁨(?)에 온몸의 살이 떨렸다.

'웃어? 그래, 그 웃음, 어디까지 가는가 보자.'

돈을 세면서 흐뭇한 미소를 머금는 트리모 행정관.

그 모습이 나에게 수모를 당한 다른 상단의 라이안이라는 놈과 똑같이 생겨먹었음을 발견할 수 있었다.

"이 물품을 모두 구입해 주십시오."

"이 물품을 다?"

영주와 행정관을 만난 뒤, 바로 자메르가 머물고 있는 숲의 휴식터로 돌아왔다.

그리고 종이와 펜을 빌려 내가 생각하고 있던 물품들을 빼곡히 적어서 내밀었다.

"마차 다섯 대를 포함한 말이 열 마리에 곱게 빻은 밀가루가 400포대, 암수가 적당히 섞여 있는 소와 양, 돼지가 각각 20마리, 닭이 100여 마리, 튼튼한 가죽 갑옷이 50벌, 활과 창, 검이 100여 개, 옷감이 여러 색감으로 300인분, 못과 같은 각종 자재에 농기구에 씨앗들까지……. 마지막으로 차가운 맥주를 만들어내는 마법 저장고……. 자네, 마을이라도 건설하나?"

쭉 읽어 내려가던 자메르가 놀란 눈으로 나를 보았다.

"하하, 가격은 잘 부탁합니다. 혼자 구입하려 했더니 시간도 많이 걸릴 것 같고……."

얀스를 데리고 저 물건을 사려면 하루로는 어림없고 며칠이 걸릴지도 몰랐다.

거기에 상인들에게 눈두덩을 맞을 것은 뻔한 이치.

얼굴 좀 팔리고 전문가에게 맡기는 것이 가장 속편했다.

"처음 볼 때부터 평범한 것 같지는 않았지만 대단하군. 어떤가, 상인이 될 생각은 없는가?"

'엥? 또 스카우트야? 좌우지간 이놈의 인기란.'

"싫습니다."

당연히 고개를 저었다.

'최소 영주다. 나머지는 다 필요없어.'

잃어버린 파라다이스를 찾는 것이 내 일차 목표.

다른 하잘것없는 직업들은 눈에 차지 않았다.

"내 밑으로 들어온다면 빠른 시간 안에 자네를 지배상인까지 키워주겠네. 다시 한 번 생각해 보게."

"헉! 지, 지배상인!"

자메르의 말에 옆에서 시중을 들고 있던 테리슨이라는 자가 놀라는 표정을 지었다.

제법 괜찮은 자리인 것 같았다.

"그래도 싫습니다."

"왜 싫다는 것인가? 자네 인생에 다시없을 기회인 것을."

자메르가 안타깝다는 표정을 지었다.

"제 꿈은 따로 있으니까요."

"꿈이 있다······. 그렇다면 할 수 없군."

똑똑한 상인인지라 내 뜻을 알아챘다.

"대신 이번 나와의 약속은 반드시 지켜주게."

"저희 집 가훈이 정직입니다!"

"정직이 가훈이라······. 하하! 상인의 피가 흐르는 집안일세그려."

나이도 얼마 먹지 않았건만 애늙은이 같은 말투를 사용하는 자메르.

"그럼 모레 아침에 출발을 부탁드리겠습니다."

"모레 아침까지?"

"아! 그리고 마디르를 얻고 싶다면 그 시간에 여기서 출발하셔야 할 것입니다."

쇠뿔도 단김에 뽑으라 했다.

질질 끌어봐야 좋을 것이 없었다.

"알았네. 자네를 믿고 한번 투자해 보지."

"자메르님… 하지만……."

"루비스 상단 지배상인의 결정이네. 즉시 이 영지와 이 근방에 있는 모든 마법 냉동고를 준비하게."

"네, 지배상인님!"

토를 달던 테리슨이라는 자가 지배상인의 명령이라는 말에 고개를 숙였다.

저리 규율이 엄하기에 대륙오대상단에 들 수 있었을 것이다.

'이제 남은 것은 포션인가?'

하나에 몇 골드씩 한다는 포션.

촌장은 최소 열 개를 말했지만 나는 그 이상의 것을 생각했다.

배고픈 사람에게 고기를 잡아주면 하루는 행복할 수 있지만, 고기 잡는 방법을 가르쳐 주면 평생을 굶지 않는다 하였다.

'신전이라……. 쩝.'
가장 오늘의 난코스라 할 수 있는 신전.
일단 부딪쳐 봐야 할 것 같았다.

'오! 제법인데?'
피요르 자작성에 자리 잡은 신전은 자비의 여신 네르안님의 나와바리라 하였다.
그리고 내 눈에 보이는, 아치형 기둥 십여 개가 받치고 있는 신전.
고대 그리스의 신전처럼 예쁘장하고 웅장한 것이 봐줄 만하였다.
'신전 포션이라 함은 신의 성력을 소유한 신관의 축복을 담은 성수로, 치유력과 항마력을 소유한 만병통치약이라 이거지.'
내 머릿속에 들어 있는 마법사용 포션 제조 방법보다 원가가 훨씬 저렴한 신전 포션.
마법사용 포션은 트롤의 피가 주가 되는 고급 재료가 들어가는 고가의 창조물인데다 가끔씩 부작용도 발생하는 비추천 품목 중 하나였다.

그렇기에 마법사들은 어지간하면 힐 마법으로 대신하였다.

'따지고 보면 성기사도 괜찮은 직업 중 하나야. 잘만 배워서 지구로 돌아가면 교주로 등극할 수도 있겠지.'

사부가 지구에서 돈을 갈퀴로 쓸어 담을 수밖에 없는 이유를 다시 한 번 생각해 봤다.

엄청난 마법적 지식을 소유한 사부.

돈이 옷 벗고 달려들지 않을 수 없었을 것이다.

"어서 오십시오, 형제여. 자비의 여신 네르안님은 언제나 형제를 사랑하십니다."

신전 입구에서 안으로 들어서자 때마침 착한 신부님 같은 표정을 짓고 있는 신관이 하얀 성복을 걸치고 나타났다.

"전 이곳 신전을 책임지고 있는 신관 헤도르라고 합니다. 어찌 찾아오셨습니까? 혹시 신의 도움이 필요하십니까?"

'난 안 믿는다, 저 하얀 수염을.'

신선 저리 가라는 외모를 자랑하는 건달프 사부도 저렇게 낚시질용 미끼인 수염을 기르고 있었다.

그리고 지금 눈앞에서 선하게 웃고 있는 신관도 그러했다.

"포션을 구입하고 싶어서 왔습니다. 저희 마을에서 이번에……."

"헤도르 신관님!"

막 신관에게 찾아온 목적을 말하려는 순간, 귀에 익숙한 놈의 말투가 들려왔다.

'얼라리요?'

촌장에게 물먹고 나에게 엿 먹은 다른 상단의 라이안이라는 상인 놈.

엄청나게 투실한 몸뚱이를 흔들며 신관을 불렀다.

"신실한 신의 종인 라이안님이 아니십니까? 무슨 일인데 이리 급히 달려오셨습니까."

"저, 저기, 급히 드릴 말씀이 있습니다."

"그래요? 그럼 안으로 드시지요. 형제는 잠깐 기다리고 계십시오."

잘 아는 사이인 듯 라이안을 반색하며 맞이하는 헤도르 신관.

'설마 저놈이……!'

신관을 따라가며 고개를 돌리는 라이안 놈이 사독한 눈빛을 나에게 날렸다.

'그래, 너도 재롱 한번 부려봐라.'

척살 목록에 올라가 있는 놈들 중 한 놈.

어차피 뜨거운 인생의 참맛을 보여줄 작정이었기에 놈이 부릴 재롱을 기다렸다.

'응? 오오오!'

신전 안은 제법 널따란 구조를 가지고 있었다.

성스러움을 과장하기 위하여 황금과 은으로 만든 각종 성물들이 촛불을 받아 광채를 자랑하고 있었고, 아름다운 여신의 반라 조각상이 신전 중앙에 자애로운 미소를 지으며 놓여 있었다.

그런 신전 내부에서 확하고 눈동자에 빨려 들어오는 한 존재.

'기도하는 천사!'

아무런 장식 없는 하얀 법복 위에 가지런히 긴 파란 생머리를 늘어뜨리고 두 손 모아 무릎 꿇고 기도하는 한 여인.

신관과 비슷한 법복을 착용한 모습이 평범한 여인이 아님을 짐작할 수 있었다.

'앞모습은 어떨까?'

뒷모습만으로는 10점 만점에 11점을 주고 싶은 완벽한 모습.

간절히 신께 간하는 성스러움이 여인의 등 뒤를 후광처럼 비추고 있었고, 가냘파 보이는 뒷모습은 남성의 보호 본능을 뜨겁게 자극하였다.

"큼, 형제여……."

여인에 대한 궁금함이 극에 달할 때, 헤도르라는 늙은 신관이 나타났다.

"네, 신관님. 말씀하십시오."

"포션을 구입하고 싶다 하셨습니까?"

"네. 저희 마을의 포션이 효능을 다해 새로운 포션이 필요합니다. 한 열 개 정도 필요합니다."

"안타깝지만 본 신전은 그대에게 포션을 팔 수 없습니다."

"네에?"

갑작스러운 신관의 안면 바꾸기.

포션을 팔지 못하겠다고 말하는 신관의 얼굴에는 불쾌한 빛이 역력했다.

"그대가 네르안님의 신실한 종이 운영하는 상단에 피해를 끼쳤다 들었습니다."

"아, 아니, 그것은……"

"더 이상 말할 것도 없습니다. 아무리 자비의 여신 네르안님이라 할지라도 자신의 자식을 사랑하지 않을 수는 없는 법. 신의 일을 방해하는 이들에게는 절대 신의 능력을 줄 수 없습니다."

"신, 신관님, 그게 아니라……"

"그럼 바빠서 이만……"

말이 끝나기가 무섭게 신관이랍시고 성호를 그으며 사라지는 헤도르.

제대로 약을(?) 받아 처먹었음이 분명하였다.

"아나……"

"흐흐, 애송이 녀석. 어디 한번 버텨봐라. 그 촌구석에서 포션 없이 얼마나 버티는지 정말 궁금하구나."

헤도르가 사라지고 잠시 후, 신전의 어느 모퉁이에서 튀어나온 다른 상단의 돼지상인 라이안이 비웃음을 흘리며 지나쳐 갔다.

"라이안이라고 했지?"

"어린놈이 보자 보자 하니까."

내 반말에 기분이 진작부터 나빴는지 얼굴이 벌겋게 달아오른 라이안.

"왜, 한번 붙어볼래? 그 포동포동한 살점을 잘게 다져 줄 테니까."

마나를 살짝 일으켜 놈의 작은 눈을 째려보았다.

"이, 이놈이……. 흐흐. 그래, 마음껏 해봐라. 곧 네놈 마을은 마수의 손길에 갈가리 찢겨질 테니까."

자신의 불리함을 깨달은 돼지는 뒤로 물러서며 마지막까지 악독한 저주를 잊지 않았다.

"기억해라. 곧 벼락이 네놈들에게 임할 터이니."

"벼락? 푸하하! 마음대로 해봐라, 이 어린놈의 새끼야!"

신전 밖으로 도망치며 비웃는 돼지 라이안.

'참나, 어디를 가도 저런 놈이 꼭 있어요.'

자신이 가진 쥐꼬리만 한 능력으로 없는 자들을 괴롭히는 자들.

내 눈에 흙이 들어가는 날까지 용서치 않을 것이다.

"죄송합니다······."

'······?'

도망친 돼지를 따라 막 신전 밖으로 나가려는 찰나, 환청처럼 들려오는 맑은 목소리 하나.

무의식중에 고개를 돌렸다.

"헛!"

그리고 나도 모르게 탄성이 흘러나왔다.

'안젤리나 졸리? 아니야. 도대체 저 미모는 무엇으로 설명해야 하나!'

어림잡아 167 정도 되는 적당한 키.

태어나 태양을 한 번도 본 적 없는 것 같은 어린 아기 같은 투명한 피부, 깊숙이 가라앉은 커다란 갈색 눈동자, 실리콘의 힘을 빌리지 않고도 오뚝하게 선 콧날, 작지만 붉은 입술.

그리고 가장 여인을 빛나게 하는 은은한 후광.

고결하여 감히 똑바로 바라보기 어려운 성스러운 아름다움이 여인의 전신에서 흘러나왔다.

"신의 사랑을 전하지 못함을 네르안님의 이름으로 사과드립니다."

헤도르와의 대화를 엿들은 듯한 여인은 눈물을 뚝뚝 흘릴 것 같은 촉촉한 눈빛으로 고개를 숙였다.
 손으로 법복의 앞가슴을 살포시 누르는 여인의 우아한 동작.
 짜르르한 기운이 가슴속에서 휘몰아쳤다.
 "실례지만… 누구신지요."
 상대의 정체를 알아야 사과를 받든 말든 할 것이 아닌가.
 "네르안님을 모시는 수습사제 아르미스라 합니다."
 '수습사제? 겨우?'
 보는 것만으로도 신의 사랑이 뚝뚝 떨어지는 수습사제 아르미스.
 이곳 신전의 대장인 헤도르라는 자보다 더 신앙심이 느껴지는 여인이 자신을 겨우 수습사제라 칭했다.
 '정말 예쁘다…….'
 성당의 수녀 급인 여사제이건만 그 순수한 아름다움에 혼자 감동을 먹었다.
 학교에서 조신하게 나를 기다리고 있을 예린이가 있었지만, 눈앞의 여사제는 미의 화신이라 불려도 좋을 정도였다.
 "아르미스님, 신의 인간들을 바라보는 진실한 마음은 무엇이라 생각하십니까."
 "네?"
 "저 하늘의 태양같이 모든 만물을 사랑으로 비추시는 신의 마음을 장님이 코끼리 만지는 손길로 매만지며 신의 사랑을 자신들의 욕심으로 재단하려는 신관님들의 모습에 심히 안타까움을 느꼈습니다."

종교인들에 대해 예전부터 품었던 생각을 아르미스에게 토해냈다.

"아르미스님은 느껴지지 않습니까? 저기 자비로운 미소를 짓고 계시는 네르안님이 겉으로는 웃고 계시지만 마음으로는 자신들의 종이라 칭하는 신관들 때문에 얼마나 큰 상처를 받으며 눈물을 흘리고 계시다는 것을 말입니다."

"아……."

신랄한 비판에 아르미스는 작은 신음을 흘려내었다.

'이곳만 신전이더냐.'

아르미스가 내 말을 안 받아들여도 상관없었다.

루비스 상단이라면 포션 따위는 넘치도록 구할 수 있을 것이다.

말을 마치고 스윽 몸을 돌렸다.

괜히 아무 힘도 없는 수습사제에게 화풀이를 한 것 같은 맘에 미안한 생각이 들었다.

"자, 잠깐만요."

어느새 촉촉이 울먹이는 아르미스의 목소리가 뒤에서 들려왔다.

"잘못했습니다. 제가, 아니, 저희가 잘못했습니다. 흐윽."

'어?'

털썩 자리에 주저앉는 소리와 함께 눈물을 흘리는 아르미스의 흐느낌이 들려왔다.

21세기 종교인과 다름없는 이곳 신관들의 작태에 내뱉은 몇 마디에 눈물을 흘리며 참회하는 아르미스.

갑자기 내가 정말 못된 놈이 된 것 같았다.

"신의 사랑을 팔아… 헛되이 재물을 취한 죄, 종의 이름으로 신이 사랑하시는 인간들을 재단한 죄, 아픈 이들과 가난한 이들을 끌어안지 못하고 내친 죄 모두 다 참회합니다."

'……'

참회할 대상이 내가 아니건만 흐느끼며 자신의 죄를 자복하는 아르미스 사제.

"그러나 어찌해야 합니까. 제 연약한 힘으로는 아무것도 할 수가 없습니다. 안고 싶어도 이 가냘픈 두 팔로 껴안을 수 있는 이는 한 사람도 버거우며, 마음은 있지만 종들이 만든 제약으로 신의 사랑을 함부로 사용할 수도 없습니다. 가르쳐 주십시오. 신의 사자여, 제가 나아갈 바를……"

'신의 사자? 에궁.'

이러려고 그런 것이 아니었건만 아르미스는 내게 답을 달라고 하였다.

그러나 내가 어찌 신의 마음을 알겠는가.

"모든 것은 마음속의 형상입니다. 당신이 할 수 없다고 생각하면 그것은 세상이 뒤바뀌어도 이룰 수 없는 장애이지만, 할 수 있다는 의지만 품는다면 세상에 두려울 것은 아무것도 없을 것입니다. 더욱이 당신의 뒤에는 신이신 네르안님이 계시지 않습니까. 무엇이 두렵습니까? 세상 그 어떤 것으로도 어찌할 수 없는 신이 당신 뒤에 있거늘."

청산유수라는 말처럼 술술 뱉어지는 말들.

정말로 신의 사자가 된 듯한 착각이 들 정도였다.

"마, 마음속의 형상······."

내가 한 말도 아니고 국사 교과서에 나오는 원효 대사님의 멋진 깨달음 한마디.

'역시 대한민국의 교육은 세계적 수준이라니까.'

새삼 교육의 위대성을 깨달으며 발길을 돌렸다.

더 이상 아르미스에게 해줄 말은 없었다.

촌장님이 포션을 구해오라 신신당부하셨지만 어쩌겠는가. 신의 장사꾼들이 팔지 않겠다는데.

'향기 좋다.'

어디선가 불어오는 바람을 타고 코로 파고드는 낯선 향기.

박하 향기보다 청량하고 봄 들꽃 내음 같은 향기에 기분이 상쾌해졌다.

'아르미스…….'
 아직도 흐느끼고 있는 아르미스의 체취라는 것을 어렵지 않게 짐작할 수 있었다.

Chapter 13
마법사 카이어

21
대마법사

"가자, 이놈들아! 이럇! 이럇!"

히이이이이잉!

달가닥달가닥!

성에서 하룻밤을 머물고 아침 일찍 말 두 마리가 모는 최신형 마차를 몰며 신이 난 얀스.

굳이 영주성에 오래 머물 필요가 없기에 어제 마차 한 대와 자잘한 생필품들을 구입해 아침 일찍 출발했다.

'좋다~!'

두툼한 담요를 마차 바닥에 깔고 덜컹거리는 바퀴의 진동을 느끼며 팔베개를 하고 누웠다.

'이제 슬슬 떠날 때가 된 건가.'

마음 같아서는 5서클 마법까지 수련한 후에 떠나고 싶었지만 깨달음이 수학 공식처럼 쉽게 풀릴 수 있는 것이 아님을 알고 있었다.

그리고 언제까지 루나 마을에 머무를 수 없었다.

누워서 보이는 저 끝없는 푸른 창공 같은 내 마음이 흐르기를 원하고 있었다.

'정보가 필요해. 이 세계에 대한 대략의 지식이.'

마을에서 제일 똑똑하다는 촌장도 메이저리그가 아닌 동네 투수 출신.

기껏해야 신 몇 명과 왕국 몇 개, 그리고 나도 충분히 알고 있는 단편적인 지식들을 소유하고 있었다.

'자메르에게 포션을 부탁했으니 알아서 구해올 것이고, 이것저것 기초 자립 물품들을 잘 활용하면 앞으로 몇 년 동안은 문제없이 생존할 수 있을 것이다. 그리고 그 이후는… 스스로의 몫이겠지.'

목숨을 구해준 인연으로 시작된 루나 마을.

내가 할 수 있는 최선은 이제 다했다.

언제까지 내가 그들을 위해 살아줄 수는 없었다.

"저, 저기, 카이어!"

갑자기 흔들리며 움직이던 마차가 멈춰 섰고, 얀스가 두려움이 가득한 목소리로 나를 불렀다.

"하암! 무슨 일이에요? 이제 마을도 얼마 남지 않았……."

늘어지게 하품을 하며 기지개를 켜고 고개를 들던 나는 눈에 들어오는 광경에 그대로 몸을 멈췄다.

'저 형님들은 누구삼?'

오지로 분류되는 루나 마을로 가는 길은 작은 숲 몇 개와 넓은 미개척 평원 지대였다.

그런 평원의 길을 가로막고 기다리고 있는 이십여 명의 말 탄 용자들.

"얀스, 아시는 분들입니까?"

"자네 지금 농담할 때인가? 분명 우리들을 지켜보고 있던 산적 놈들일 걸세."

튼튼한 덩치가 아까운 얀스가 벌벌 떨며 산적이라 말했다.

'그리 안 해도 심심하던 차에 잘 걸렸다.'

얀스의 말처럼 영지에서 대박을 친 우리를 관찰하다 뒤따라온 산적일 수도 있었고, 나에게 이를 갈던 못된 다른 상단과 연결된 자들일 수도 있었다.

그리고 나는 전자보다 후자가 맞다고 생각하였다.

'자식, 똘마니들이나 보내고.'

마수도 골로 보낸 내가 딱 보아도 어중이떠중이로 보이는 산적들이 두려울 리 없었다.

"얀스."

"어, 어떻게 하지, 카이어? 이거 다 주고 목숨만 살려달라고 하세. 그러면 저들……."

"슬립."

가벼운 마법 시동어와 함께 얀스는 그대로 잠에 빠져들어 갔다.

'메모라이즈의 생활화. 너희들, 다 죽었어!'

시비를 걸 필요는 없지만 시비를 걸어오는 자를 가만히 놔 둔다는 것은 내가 허락할 수 없었다.

투두둑.

손가락을 깍지 끼며 마차에서 일어났다.

'20명. 딱 좋네.'

마을까지는 마차를 타고 반나절 거리.

넓은 평원에서 나를 도와줄 놈은 하나도 없었다.

두두두!

놈들이 움직였다.

스턱.

마차에서 가볍게 몸을 날렸다.

그리고 말을 타고 순식간에 다가오는 놈들을 발바닥 장단을 맞추며 기다렸다.

"흐흐, 네가 루나 마을의 겁탱이 없는 꼬맹이로구나."

짐작대로 나를 잘 알고 있음이 확실한 자들.

'용병들? 아닌데……?'

마을을 찾아왔던 용병들의 자유스러운 분위기와는 확연히 다른 자들.

앞에서 용병처럼 건들거리는 사십대 초반의 남자와 달리, 그 뒤에 정렬해 있는 이들은 정규병들처럼 절제된 동작을 보이고 있었다.

"댁들은 누구쇼?"

삐딱한 시선으로 말 탄 이들의 정체를 물었다.

"댁? 크크크, 죽을 놈이 많은 것을 묻는구나."

"다론의 라이안이라는 돼지상인 놈이 보냈소? 딱 보아하니 용병들은 아닌 것 같고. 이렇게 영주의 허락없이 백성들을 핍박해도 되는 거요?"

"……"

내가 찌른 정곡에 놀라며 서로의 얼굴을 바라보는 이들.

'병사들이구나.'

예상대로 라이안 놈과 행정관이라는 놈이 짜고 보낸 병사들이 분명했다.

지금쯤이면 내가 루비스 상단과 거래한 내용이 좁은 도시에 퍼졌을 것이고, 행정관 놈은 영주 때문에 자신의 치부가 드러나는 것을 두려워할 것이 분명했다.

"어린놈이 제법이구나."

무리의 수장으로 보이는 자가 조용하게 가라앉은 목소리를 뱉어냈다.

동시에 병사 무리도 살기를 흘려내기 시작했다.

영주를 들먹인 것이 놈들을 자극했음이 분명했다.

"쯧쯧, 백성들이 내는 세금으로 먹고사는 놈들이 부끄러운 줄 알아야지. 어디 할 짓이 없어서 도적질이야! 쌍!"

차자장!

"아가리 닥쳐!"

욕이 섞인 몇 마디에 병사들이 기마용 검을 빼 들었다.

'갑옷도 걸치지 않은 기마병이라……. 이것들, 혼 좀 내주면 영주가 알라나?'

어딘가에 갑옷을 벗어놓고 몰려왔음이 분명한 기마병들.

일반병과 달리 기마병은 제법 중요한 영지의 병력일 것이다.

"죽여라!"

"명!"

"히랏!"

선두에 선 자의 명령이 떨어지기가 무섭게 말을 탄 병사 하나가 달려왔다.

'웃겨.'

한 칼에 죽이려는 듯 큰 동작으로 말을 타고 오며 검을 휘두르는 자.

깡!

촌장이 준 검에 마나를 살짝 담아 병사의 내려치는 검을 맞받아쳤다.

"으악!"

철퍼덕.

예상치 못한 반격에 손에 들고 있던 검이 튕겨져 나감과 동시에 병사의 몸은 충격을 받아 바닥으로 고꾸라졌다.

퍽!

그리고 떨어진 충격에 정신을 못 차리고 있는 병사의 대갈통을 그대로 로우 킥으로 날려 기절시켜 버렸다.

"헛!"

단 한 방에 나가떨어진 동료의 모습에 병사들의 입에서 비명이 흘러나왔다.

"뭔가 믿는 구석이 있는 놈이었군. 흐흐, 그래도 네놈이 뒈진다는 결과는 바뀌지 않을 것이다."

"누구 맘대로? 형씨, 자신있어?"

껌 좀 씹는 불량배 어투로 수장으로 보이는 자를 자극했다.

마법사 카이어 111

'이놈은 기사다.'

다른 병사들에게 명령을 내리며, 화가 난 놈의 몸에서 흘러나오는 마나의 기운.

"죽여라!"

다시 떨어지는 명령.

히이이이이잉!

두두두두둑!

10미터 정도 앞에 정렬해 있던 병사 세 놈이 달려왔다.

'이제 본 실력 좀 보여볼까?'

검으로도 문제없지만 주 전공은 아직까지 마법.

"매직 애로우!"

파앗!

간단한 2서클 공격 마법이 영창과 동시에 허공에 10여 개의 애로우 화살을 만들어내었다.

서클에 비례하여 애로우 화살은 수가 비약적으로 늘어나는 것이 마나의 법칙.

"쓰러져라!"

갑작스럽게 매직 애로우가 우윳빛 광채로 허공에 만들어지자 달려오면서도 놀라는 병사들.

가볍게 정신을 집중하여 애로우를 그들의 몸통으로 인도했다.

쉬익! 퍼버벅!

"컥!"

"캑!"

"헉!"

팔뚝만 한 크기의 매직 애로우를 몸으로 뜨겁게 감상하며 말 위에서 떨어지는 병사들의 몸뚱이.

갑옷도 없는 몸에 애로우가 적중했기에 최소 갈비뼈 몇 개씩은 작살난 중상을 당했을 것이다.

'이놈들, 의료보험은 되는지 몰라?'

내가 다친 것도 아니지만 심히 걱정되는 마음.

친절한 강혁 씨가 아닐 수 없었다.

"마, 마법사!"

"……."

"어, 어떻게 마법사가……?"

남아 있는 열여섯 명의 병사들이 마법사를 연발하며 나를 두려운 눈동자로 바라보았다.

"어, 어느 마탑 소속의 마법사십니까?"

기사로 짐작되는 자가 떨리는 목소리로 어느 마탑의 마법사냐고 물어왔다.

'마탑? 건달프 사부가 거주하던 그 마탑?'

"그딴 건 없어. 들어는 봤어? 검정고시 출신 마법사라고."

마법사 카이어 113

"검정고시?"

알 턱이 없었다. 검정고시를 되뱉어내는 기사 놈.

갑자기 얼굴이 시뻘겋게 변하였다.

자신을 놀리고 있음을 파악한 것이다.

"이 빌어먹을 놈이!"

파앗!

기사임을 증명이라도 하듯 말을 박차고 검을 날려오는 자.

'느려.'

내가 잡았던 마수에 비하면 한없이 느려 터진 기사의 몸놀림.

"닷!"

마법사가 전공이지만 요즘은 복수 전공이 대세인 세상.

검으로 놈의 하체를 찌르며 돌격을 차단했다.

"헛!"

마법만 생각하고 있다가 검이 날아오자 기겁을 하며 검을 급히 돌려 방어를 하는 기사.

'오러 블레이드!'

이 세계에 넘어와 처음으로 나 이외의 오러 블레이드를 감상할 수 있었다.

파가강!

'에계, 오러 블레이드가 뭐 이래?'

기대와는 달리 내 검에 담긴 오러 블레이드에 부딪치자마자 지직거리며 사라지는 놈의 얇고도 연약한 오러 블레이드.

순간적으로 놈의 몸이 굳었고, 그 허점을 맹렬한 발차기가 파고들었다.

퍽!

"커억… 컥!"

옆구리에 틀어박힌 마나가 담긴 일격.

숨이 막혔는지 시커멓게 변한 얼굴로 몸이 굳은 기사 놈.

빠각.

가벼운 뒤돌려 차기로 가뿐하게 마무리를 하였다.

'다행으로 생각해라, 생명의 소중함을 알고 있는 21세기 대마법사님을 만난 것을.'

강력한 발차기에 입에 거품을 뽀글뽀글 만들어내며 기절한 기사 놈.

"내려."

고개를 들어 어미 잃은 강아지 꼴로 파랗게 질려 있는 병사들에게 내리라 명령했다.

"파이어 볼!"

화르르르르르!

정신을 차리지 못하는 놈들에게 지금 필요한 것은 약이 아니라 몽둥이.

몸통만 한 파이어 볼을 두둥실 내 앞에 띄워놨다.
"으아아아!"
"살, 살려주십시오, 마법사님!"
타다다다닥!
누가 먼저라고 할 것이 없었다.
남아 있던 병사 놈들은 들고 있던 병장기를 내던지고 말 밑에 내려 고개를 처박았다.
'궁지에 몰린 꿩도 아니고.'
마법사라는 족속이 일반 병사들에게 어떤 이미지로 비쳐지는지 알 수 있는 한 장면.
개기는 병사 하나 없이 모두 땅바닥에 대가리를 박고 바짝 엎드렸다.
"행정관이 보냈냐?"
가벼운 질문 하나.
"그, 그렇습니다."
병사들 중 선임으로 보이는 자가 살짝 고개를 들고 조심스럽게 대답했다.
"영주는 알고 있어, 네놈들이 이렇게 못된 짓을 하고 있는지?"
"그, 그건……."
아마 모를 것이다.

피요르 자작가의 영주라는 작자는 인상으로 보아 그럴 놈이 아니었다.

"모두 벗어. 착용하고 있는 무기 일체와 상의를 벗는다! 실시!"

갑작스러운 명령에 어안이 벙벙한 병사들.

"동작 봐라! 파이어 볼에 통닭구이가 되고 싶나!"

중학교 2학년 때, 단체로 체험한 적이 있는 해병대 극기 캠프.

그때 우리를 미치게 만들었던 조교의 말투가 상당한 도움이 되었다.

"아, 알겠습니다요!"

"벗습니다! 벗어요!"

이미 나에게 완벽하게 정신이 제압당한 병사들이 단도와 여러 가지 군용 물품, 그리고 상의를 벗어 던졌다.

"거기 쓰러져 있는 놈들도 모두 벗겨!"

"넵!"

어느새 충실한 내 병사가 된 듯이 일사불란하게 움직이는 병사들.

'저거 돈이 얼마야?'

갑자기 나타나 짭짤한 부수입을 올려주는 말 탄 병사들.

흐뭇한 모습으로 서로를 벗겨가는 그들의 아름다운 전우

마법사 카이어 117

애를 감상했다.

"카, 카이어, 저게 무슨 말인가?"
"이제 일어나셨어요? 갑자기 쓰러지신 걸 보면 상당히 피곤하셨나 봐요."
따그닥따그닥 마차를 몰고 마을로 돌아가는 길.
길눈이 제법 밝기에 얀스가 없이도 마을은 점점 가까워졌고, 마법에서 깨어난 얀스가 마차 뒤에 병장기와 함께 줄줄이 매여 따라오는 말들을 보고 놀랐다.
"카이어, 그 산적들은 어디로 가고 이 말들은……?"
"아, 이거요? 알고 봤더니 산적들이 아니라 신실한 신앙심을 소유한 자선사업가더라고요. 불쌍한 루나 마을 이야기를 해줬더니 타고 있던 말에 옷과 무기까지 다 벗어주고 갔습니다. 각박한 요즘 세상에 그런 분들이 있다는 것이 믿기지가 않더라고요."
"정, 정말인가?"
"얀스, 제가 언제 거짓말하는 거 봤습니까? 그리고 만약 그 분들이 산적이라면 얀스와 제가 이렇게 멀쩡히 마을로 돌아갈 수 있겠습니까?"
"그, 그건 그렇지만……."
"마을이 보여요!"

"벌써 다 왔어?"

 얀스가 자는 동안 마차에 라이트 마법을 걸어 말들과 함께 평원을 질주해 왔다.

 해도 저물어 밤늦게 몬스터들과 드잡이를 하고 싶지는 않았다.

 "얀스~!!"

 "얀스와 카이어가 돌아온다!"

 대부분 시력 2.0의 독수리눈을 가지고 있는 마을 사람들이었기에 망루에 있던 이들이 큰 소리로 우리를 환영해 주었다.

 "얀스, 제가 말했지요? 상인들이 올 때까지 아무 말도 하지 마십시오."

 "그, 그래, 알겠네."

 마차에 실려 있는 물건만으로도 마을 사람들은 충분히 행복해할 것이다.

 그리고 내일 상단이 도착하면 그 기쁨은 배가 될 것이다.

 '오늘은 제대로 된 정찬을 즐겨볼까.'

 다른 것보다 기대되는 것은 세실이 만들어주는 저녁밥.

 성에서 이것저것 각종 양념과 주방용품을 구입해 돌아가는 중이었다.

 "아빠!! 카이어 형!!"

 마을 방책 문이 열리고 목이 빠져라 기다리고 있던 데톤 녀석이 달려왔다.

그리고 그 뒤로 기대에 찬 마을 사람들이 하나둘씩 모습을 드러냈다.

"오늘, 참치로 파티 한번 열어볼까?"

마을로 돌아온 지 이틀째.

튼튼한 말 이십여 마리와 마차에 실려 있던 작은 선물에 마을은 축제 분위기처럼 들떴다.

워낙 가난하게 살던 이들이라 조그만 선물에도 몇 배의 감동을 받았다.

그리고 오늘은 상인들이 도착하는 날.

어제쯤 성에서 출발했을 것이니 늦어도 오늘 오후에는 자메르가 물건들과 함께 도착할 것이다.

'촌장님 기절하시겠지?'

세금만 내고 포션을 구입하지 못해 모두 말을 사버렸다는 말에 경악을 감추지 못하던 촌장.

들리는 소문에 의하면 끙끙 앓는 소리가 집 밖으로 노랫소리처럼 끊이지 않고 있다 하였다.

"왕창 벌어서 자메르에게 성수 구입을 맡기자. 신의를 아는 상인 같으니 내가 없어도 마을을 살펴줄 것이다."

그러기 위해서는 오늘 제대로 마디르를 선사해 주어야 했다.

120 21세기 대마법사

"마나는 풀로 충전됐고, 남은 것은 어떻게 바다 몬스터들을 물리치고 참치를 안전하게 수송하느냐인데……."

해변에서 1킬로가량 떨어진 바다 위.

지금도 먼 곳으로 여행을 떠나는 참치들이 바다를 박차고 오르며 나를 희롱하고 있었다.

일 년에 단 석 달만 마을 앞바다를 지나간다는 참치는 지금이 가장 절정이라 하였다.

"저기 오는군."

바다를 보며 참치 수송에 고심을 하고 있는 사이, 저 멀리서 일단의 무리가 다가오는 것이 보였다.

내가 주문한 물건들은 마을 사람들이 일 년을 풍족히 먹고 살 정도의 양.

곡물 때문에 백여 대의 마차가 줄지어 지평선에서 모습을 드러내고 있었다.

"캬아, 땀 흘려 일하는 이 보람. 사부님이 주신 백금 카드도 부럽지 않구나."

사부의 고향 대륙에서 산 지 몇 달 되지도 않았건만 누군가를 위하여 작은 힘으로 큰일을 이루어냈다는 생각에 가슴이 뿌듯했다.

대한민국에서는 그저 공부 잘하는 고삐리에 불과했지만 이곳에서는 한 마을을 책임지는 대부였다.

땡땡땡땡!
"누, 누군가가 온다!"
"모두 모이시오!"

마을 망루에서도 마차가 보이는지 요란한 종소리와 함께 마을 사람들이 부산하게 움직였다.

몬스터를 빼고는 찾아올 이가 드문 루나 마을.

그들을 위해 반가운 손님이 찾아오고 있었다.

"이, 이게 무슨……?"
"와아! 돼지하고 소야!"
"저게 다 밀가루야?"
"질 좋은 레더아머다!"

장이 선 것처럼 마을 사람들 모두 밖으로 몰려나왔다.

험상궂은 용병 수십 명이 상인들과 함께 왔지만 마을 사람들은 난생처음 보는 엄청난 물건에 넋을 빼앗기고 구경하기에 바빴다.

아마 태어나 이런 엄청난 물량은 구경도 못해봤을 것이다.

"우, 우리 마을은 교환할 것이 감자와 보리밖에 없습니다. 말도 몇 마리 있기는 하지만… 저희 것이 아니라…….."

자메르 앞에서 질 좋은 각종 물건들을 보며 머리를 굴리고 있는 이 빠진 촌장.

아마 지금쯤 감자 몇 포대로 뭘 사야 하나 엄청난 고민을 하고 있을 것이다.

"자메르님 오셨습니까!"

"어디 있다 이제 오는가?"

촌장 이하 마을 사람들의 구경에 난감한 표정을 짓고 있던 자메르가 내가 나타나자 반색을 하였다.

아무리 대상단의 지배상인이라 해도 내가 외상으로 구입한 물품은 부담스러웠을 것이다.

"물건들은 믿어도 되겠죠?"

"카이어 군, 자네 집 가훈이 정직이라고 했나?"

"네, 정직 맞습니다."

자메르가 장난스러운 눈빛으로 가훈을 물어왔다.

"우리 상단의 상훈이 바로 정직한 자와만 거래하라이네. 난 자네의 양심을 믿네."

'헐, 내 양심을?'

나도 가끔은 믿을 수 없는 털 난 내 양심.

그런 양심을 믿는다는 자메르는 역시 쉬운 상대가 아니었다.

"카이어, 이분들을 아시는가?"

자연스럽게 상단의 우두머리와 얘기를 나누자 촌장이 놀란 눈으로 나를 보았다.

"물건은 마디르를 넘겨받을 때마다 인도할 것이네."

계약에 쐐기를 박는 자메르.

"물론이죠. 단, 만족한다면 초과 수당은 지급해 주시는 거죠?"

나를 믿고 나름대로 모험을 한 자메르.

칼리얀 대륙에서 처음으로 나에게 투자한 투자자였다.

"믿음을 저버리지 않는 자는 언제나 우리 루비스 상단의 최고 고객일세."

긴말이 필요없었다.

"그럼 물건을 확인하러 가시죠?"

"아, 아니, 벌써 잡았나?"

내 말에 깜짝 놀라는 자메르.

"상인이시면서 생선의 생명은 신선도라는 것을 모르십니까?"

"그거야 그렇지만……."

"마을 뒤편으로 가시지요.. 오늘 기분도 좋은데 팍팍 잡아 드리겠습니다."

"지금 무슨 말들을 하는 건가? 뭘 인도하고 무엇을 넘겨준다는 것인가?"

궁금해서 미치겠다는 표정의 촌장.

그 뒤에서 얀스만이 고개를 끄덕이고 있었다.

"가시지요."

어차피 마법을 사용하지 않고 마디르를 잡는다는 것은 불가능한 일.

더군다나 이번에 사용할 마법은 4서클 공격 마법의 최고봉이었기에 마을 사람들이 모르려야 모를 수가 없었다.

"잠깐, 그전에 자네를 만나고 싶어하시는 분이 계시네."

"네? 저를 만나고 싶어하시는 분이라고요?"

'분?'

자메르가 존칭을 사용할 정도의 상대는 그리 많지 않을 것이다.

그리고 그런 사람들 중에 나를 보러 올 사람은 없었다.

"마차 문을 열어드려라."

"네, 지배상인님."

자메르의 보좌관인 테리슨이 힘차게 대답하고 한 대의 마차 앞으로 달려갔다.

'누구야, 상인들에게 저리 존경받는 사람이?'

촌장의 궁금함에 비견될 만큼 나의 호기심도 절정에 달했다.

"도착했습니다. 나오십시오."

덜컹.

조심스러운 자세로 마차의 문을 여는 테리슨.

"고마워요."

'여, 여자?'

마차 안에서 듣기 좋은 맑은 음성이 흘러나왔다.

사박사박.

마차의 발판을 밟는 하얀 가죽신.

"허억!"

그리고 발판을 딛고 따사로운 햇살을 받으며 내리는 한 여인의 모습에 나는 심장이 멎는 충격을 받았다.

'아, 아르미스!'

그러했다.

놀랍게도 자메르와 함께 루나 마을을 방문한 이는 자비의 여신 네르안의 수습사제 아르미스였다.

"이렇게 다시 찾아뵙게 될 수 있도록 허락하신 인연의 주관자 로메로님께 감사를 드립니다."

모든 것이 신과 연결된 삶을 살아가는 칼리얀 대륙인.

아르미스는 나에게 다가와 우아하고 기품있는 동작으로 귀부인처럼 인사를 해왔다.

"저, 저도 다시 뵙게 되어 영광입니다."

'아나, 이게 무슨 일이야!'

나를 만나뵙고 싶어 이 먼 곳까지 상인들을 따라왔다는 아르미스.

유니콘을 타고 각종 동물들과 친구를 먹을 성스러운 여신의 미모를 소유한 여인이 나를 향해 싱긋 미소 짓고 있었다.

'심장아, 넌 왜 이리 뛰니?'

보는 것만으로 포근해지는 아르미스의 성스러운 아름다움.

주책없이 심장은 펌프질하기 바빴다.

"오오'오오오오오오! 신이시여!"

"네, 네르안님의 사제가 이곳에……!"

"흐윽! 자비의 여신 네르안님이시여!"

털썩털썩.

내가 혼란에 빠져 있는 사이, 촌장을 비롯한 마을 사람들 모두 성호를 그으며 무릎을 꿇었다.

'이, 이 정도란 말인가.'

얼마나 감격에 복받쳤으면 마을 사람들은 눈물까지 뚝뚝 흘리며 성호를 긋기에 바빴다.

"미안합니다. 그리고 사랑합니다. 네르안님은 당신의 신실한 종들을 위하여… 지금 기쁨의 눈물을 흘리신답니다."

자비의 여신을 향한 순수한 사람들의 신앙에 태양처럼 반짝이는 보석 같은 눈물을 또르르 흘리는 아르미스.

마을 사람들뿐만 아니라 상인, 용병들까지 경건한 자세를

취하였다.

'이게 진정 신앙이구나.'

신의 마음을 아는 종과 신을 갈구하는 어린 양들.

타락하고 돈에 물든 21세기 신앙과는 천지 차이로 다른 감동이 밀려왔다.

"왜 아르미스님을 모시고 온 것입니까?"

그동안 사제 한 번 찾아오지 않았건만 신을 의지하며 살았던 마을 사람들과 네르안 사제와의 뜨거운 만남.

조용히 흐뭇한 표정으로 지켜보고 있는 자메르에게 물었다.

"포션을 구해오라 하지 않았나?"

"아니, 포션하고 저 사제 분하고 무슨 관계가 있습니까? 기껏 수습사제밖에 안 되잖아요."

내가 알고 있는 상식선에서 되물었다.

"자네, 모르고 있었나? 여기 아르미스님이 네르안 신전의 포션을 만드시는 분이라는 것을?"

"……"

'어쩐지 좔좔 후광이 흐른다더니.'

"자네, 복받은 줄 알게. 아르미스님은 내가 보기에 현 신관들 중 최고의 신력을 소유하신 분 같네. 그런 분이 자네를 보고 싶다며 이곳까지 찾아왔다는 것만으로도 자네는 앞으로 신의 축복을 듬뿍 받을 것이네."

부러운 눈길로 나를 바라보는 자메르.

"큼, 제가 복이 좀 많긴 많습니다."

겸손하고 싶은 마음이 들지 않았다.

신의 어린 양들을 축복의 손길로 쓰다듬고 있는 여신 아르미스.

나를 보러 왔다는 그 말에 가슴 한쪽이 훈훈해졌다.

'움직이는 종합병원. 딱 좋네.'

성력으로 어지간한 병은 치료할 수 있다는 신관, 또는 사제들.

결코 알아서 나쁠 것은 없었다.

더욱이 저렇게 아름다운 여사제라면 두 손 들고 대환영이었다.

"저기 참치, 아니, 마디르가 보이시죠?"

"보이긴 보이네만… 배도 없이 어찌 잡는단 말인가?"

힘 좀 쓰는 용병들이 가로 2.5미터, 세로 1미터 크기의 마법 냉동고를 가지런히 해안가에다 정렬해 놓았다.

그리고 마을 사람들과 상인들, 아르미스, 용병들은 내 손길을 따라 팔짝팔짝 뛰어 바다를 헤엄쳐 가는 참치를 바라보았다.

"어떻게든 잡아만 주면 되는 거 아닙니까?"

"그야 그렇지. 하지만 자네가 무슨 수로……."

'흐흐, 그거야 보면 아는 거 아닙니까.'

내 실력을 굳이 자랑하고 싶지 않았지만 이제는 어쩔 수 없는 상황이었다.

"카이어, 왜 그런 무리한 일을……?"

촌장도 대충 사건의 전말을 듣고 안타까운 눈길로 나를 보았다.

아무리 생각해도 대머리 촌장 머리로는, 아니, 이곳에 있는 모든 사람들도 해답이 보이지 않을 것이다.

'아르미스, 그런 웃음 짓지 마요.'

다만 무언가 알고 있는 듯한 신비한 미소를 짓고 있는 아르미스만이 반짝이는 눈동자로 나를 응시하고 있었다.

심장 떨리게 말이다.

"날 실망시키지 말게."

아무리 통밥을 굴려도 답이 나오지 않는지 자메르의 표정이 굳어갔다.

'사람이 속고만 살았나.'

하지만 나라도 나 같은 사람은 믿지 못할 것 같았다.

"카이어, 어, 어서 죄송하다고 말씀드리게. 잘못하면… 어, 어, 어!"

얀스가 다가오다가 발걸음을 멈췄다.

"플라이!"

호흡으로 마나를 모으자 몸에서 마나가 발광하였고, 메모라이즈된 마법은 영창만으로 몸을 가볍게 하늘로 띄웠다.

"마, 마법사!"

"카이어가 마법사라니!"

"이, 이럴 수가!"

바람을 타고 가볍게 몸이 바다 쪽으로 날아가자 아래에서는 난리가 났다.

자신들과 함께 살았던 평범한 이가 마법사라는 사실.

놀라지 않는다면 우황청심환 상습 복용자일 것이다.

'크크, 다들 기대하쇼! 오늘 리얼 버라이어티 번개 쇼를 펼쳐 줄 터이니!'

이 맛에 마법사로 사는 것이다.

마법을 배워 평범하고 찌질하게 세상을 살고 싶은 마음은 전혀 없었다.

잘나면 잘난 대로, 못나면 못난 대로 사는 것이 인생.

난 인생을 즐길 줄 아는 진정한 풍류 남아였다.

'움하하하하하하하하!'

'마법사라니……?'

처음 볼 때부터 범상치 않다는 것을 상인의 직감으로 알 수 있었다.

작은 영지의 궁벽한 시골 마을 출신이라고 볼 수 없는 평범하지 않은 외모와 귀족가의 자제처럼 주눅 들지 않는 자연스러운 행동과 총기에 반짝이는 눈동자.

거기에 상인 뺨치는 인간 심리를 꿰뚫고 활용하는 능력까지.

카이어라 불리는 검은 머리 청년은 루비스 상단에서 차기 총단주가 될 1순위인 자메르를 감탄시키기에 충분했다.

그런데 그런 자가 마법사였다.

'플라이 마법을 저렇게 자연스럽게 펼칠 수 있는 자라면 4서클 마스터만이 가능한 일. 저 나이에 4서클이 가당키나 한 말인가?'

상인 이전에 마법사가 꿈이었던 자메르.

비록 수습마법사인 2서클을 끝으로 마법과 인연을 끊었지만 자메르는 잘 알고 있었다.

이제 갓 스물도 안 된 나이에 4서클에 오른 이는 마법 역사상 전무후무한 일이라는 것을 말이다.

'너의 정체가 무엇이더냐, 카이어.'

뭇사람들의 경악에 찬 시선을 즐기며 어느새 마디르가 뛰어 헤엄치는 바닷가 상공에 이른 카이어.

그의 손이 허공중에서 수식을 만들어내고 있었다.

"라이트닝 웨이브!!"

버언쩍! 쩌저저저저저저저저적!

"와아아아아아아아아아!"

"마법이다!"

난생처음 4서클 마법을 보았을 순박한 마을 사람들이 입을 쩍 벌리고 탄성을 터뜨렸다.

"대, 대단하군!"

어지간한 장면에는 놀라지 않는 자메르도 입을 벌리며 카이어를 칭찬하지 않을 수 없었다.

플라이 마법 중에 펼치는 4서클 최고 공격 마법.

마나를 저리 완벽하게 조절할 정도면 카이어의 수준은 4서클이 아니라 5서클 마스터라 해도 믿을 정도였다.

두웅, 두웅, 두웅.

강력한 전기 충격에 한 무더기의 참치가 배를 뒤집고 바다 위에 떠올랐다.

'한 놈, 두 놈······. 흐흐, 한 방에 열다섯 마리라······. 대박이군.'

떼를 지어 다니는 습성답게 4서클 라이트닝 웨이브 마법에 감전되어 떠오르는 참치.

참치뿐만이 아니었다.

몸통만 한 일반 생선부터 시작해 수천 마리의 잡다한 생선이 바다 위를 표류했다.

'이제 끌고 가는 것이 문제인데……'

처음 멋모르고 잡았을 때의 생고생은 이제 없었다.

발전이 없다면 그것은 만물의 영장인 인간이 아닌 원숭이 친구 원돌이에 불과한 것이다.

'마나의 양이 반절로 줄어들었다. 역시 4서클 공격 마법의 최고봉답다.'

플라이 마법을 시전하면서 마나를 컨트롤하는 일은 생각처럼 쉬운 일이 아니었다.

다른 4서클 마법사들이었다면 플라이 마법에 사용되는 마나 조절만으로도 벅찰 것이다.

'다음 마법은 윈드 팬.'

바람 부채라는 다른 이름으로 불리는 2서클 마법.

저서클이었지만 참치를 1킬로에 이르는 해변으로 이끄는 것은 쉬운 일이 아니었다.

그나마 다행스럽게도 바다가 밀물 때라 시도해 보는 마법이었다.

"윈드 팬!"

참치를 잡기 위하여 고심하여 조합한 마법 공식들.

메모라이즈해 두었기에 영창만으로 마법은 펼쳐졌다.

휘리리리리리리링!

참치가 사방으로 흩어지기 전에 바람이 불어 한쪽으로 모았다.

그리고 참치들과 기절한 고기 떼는 내 의지에 따라 해안가 쪽으로 밀려갔다.

'완벽해! 역시 난 천재야! 크크크!'

배 한 척도 없이 누가 대형 참치를 잡을 생각을 하겠는가.

일인 원양어선의 선장이 된 나는 마법의 무궁한 효용에 다시 한 번 큰 기쁨을 맛보았다.

'오늘은 이곳에 모인 모든 사람들에게 잊지 못할 추억을 만들어주겠다! 축제! 축제를 펼칠 것이야!'

사람이 밥만 먹고 살 수 없는 것처럼, 평범한 삶 속에서 축제 같은 이벤트는 반드시 필요했다.

더욱이 태어나서 제대로 된 인생의 즐거움을 맛보지 못했을 마을 사람들.

죽어서도 잊지 못할 추억거리 하나를 선물해 주고 싶었다.

'응? 그런데 이 기운은 뭐야?'

축제를 생각하며 기분 좋게 참치 떼를 몰고 가는 와중에 느껴지는 불편한 기운.

"헉! 저, 저놈들이!"

참치 떼와 고기를 잘 몰고 가는 와중에 제법 쓸 만한 고기들이 쑥쑥 바다 속으로 사라져 갔다.

그리고 흥건하게 퍼지는 핏줄기와 그 아래로 보이는 검은 실루엣의 그림자.

말로만 듣던 바다 몬스터가 분명했다.

'썩을! 이건 또 뭐다냐?'

아이들이 당황할 때 뱉어내는 21세기 언어를 사용하며 나는 기분이 급 다운되는 것을 느꼈다.

힘들게 참치와 고기를 잡은 놈은 따로 있건만 힘 안 들이고 포식하는 바다 몬스터.

저놈들 때문에 굶주리면서도 멀쩡히 눈뜨고 헤엄치는 고기만 바라보았을 마음 사람들 심정이 이해가 갔다.

'으아아! 열받네!'

하나둘 사라지던 고기들에 이어 제법 쓸 만한 참치 한 마리도 쑤욱 가라앉아 버렸다.

하지만 공격할 방법이 전무했다.

마법의 연속 사용으로 마나가 삼분의 일만 남은 상황.

타격을 줄 공격 마법을 펼쳤다가는 끈 떨어진 연 신세가 될 것이 분명했다.

'신이시여! 양심도 없습니까? 좋은 일 한번 하기 이렇게 어렵다면 누가 자선냄비에 동전을 던지겠나이까.'

앞으로도 해안가까지는 약 500미터나 남았다.

그리고 이렇게 느릿하게 가는 동안에 참치 뼈다귀 하나 남지 않을 것이다.

하늘을 바라보며 이곳을 주관하는 신들께 원망을 퍼부었다.

파아아아아아!

'오잉?'

나의 간절한 불만에 응답이라도 하듯이 갑자기 성스러운 기운이 바다 위로 쫘악 퍼졌다.

"신성의 축복이다!"

"오오! 네르안님이 내리시는 정화의 힘이시다!"

해안가 쪽에서 들려오는 사람들의 놀란 목소리.

고개를 돌렸다.

그리고 보았다.

두 손 모아 간절히 기도를 올리는 한 여인의 모습을.

'아르미스······.'

평화를 내리는 천사로 보이는 그녀의 모습.

상당히 먼 거리였건만 똑똑히 볼 수 있었다.

그녀의 몸에서 태양빛의 광명처럼 흘러나오는 신성한 오라를.

끼이이이이이이이.

신성한 기운이 바다에 흩뿌려지자 공짜 좋아하는 대머리 몬스터들이 괴성을 지르며 갑자기 사라졌다.

'이것이 신의 힘이구나.'

강신을 받아 작두 타고 부채 흔들던 무당들의 모습과 확연히 다른 또 다른 차원의 힘.

왜 이곳 사람들이 신께 간절히 의지하는지 알 수 있었다.

'크으, 그런데 왜 자꾸 생각나는 거야!'

나에게는 지구에 두고 온 어여쁜 예린이 있건만 머릿속을 가득 메우는 아르미스의 성스러운 얼굴과 착한 몸매.

아직 짝을 이루지 못한 수표범의 혈기 방장한 호르몬의 분비가 아닐 수 없었다.

"마디르가… 몰려온다!"

"물, 물고기야! 물고기라고!"

아버지를 아버지라 부를 수 없고 형을 형이라 부를 수 없는 홍길동의 심정처럼 어부였건만 고기를 고기라 부르지 못했던 루나 마을 사람들이 해변으로 밀려오는 물고기에 환호성을 질렀다.

태풍이 치는 날에나 가끔씩 파도에 밀려온 눈먼 물고기들을 맛볼 수 있을 뿐이었던 마을 사람들.

마디르를 비롯한 수천 마리의 물고기가 둥둥 떠서 밀려오는 장관에 넋을 잃었다.

"용병들은 속히 마디르를 끄집어내시오! 테리슨, 목에 상처를 내어 피를 빼라! 마디르의 생명은 신선도다!"

감탄만 하고 있을 때가 아님을 잘 알고 있는 자메르.

멍하니 정신줄을 놓고 있는 고용 용병들과 상인들을 채근했다.

'모두 상처 하나 없는 최상품이다! 적어도 200골드 이상은 받을 수 있다!'

이 속도로 마디르를 잡아들인다면 상단에 엄청난 이문을 남길 수 있을 것이다.

그렇게 된다면 마디르 때문에 곤란을 겪고 있는 상단에서는 자메르를 더욱 신임하게 될 것은 자명한 일이었다.

'카이어, 고맙다.'

정체를 알 수 없는 괴짜 청년 카이어.

"하하하하하하하하!"

무엇이 그리 좋은지 플라이 마법을 펼쳐 하늘을 마음껏 비행하며 시원한 웃음을 뿌리고 있었다.

Chapter 14
그녀와 함께 플라이!

21
세기
대마법사

"에구구, 삭신이야."

한번 뿌려진 신성 정화의 힘 덕분에 다시 출몰하지 않는 바다 몬스터들.

마나 호흡법으로 마나를 충전한 후 연속하여 마디르 사냥을 나섰다.

그리고 어느덧 해는 저물어갔고, 마나를 떠나 체력이 고갈되었다.

철퍼덕.

마지막으로 잡아온 열 마리의 참치 떼를 마지막으로 해변에 도착하자마자 고꾸라졌다.

 '죽여. 더 이상은 죽어도 못해.'

 얼마나 잤는지 기억도 나지 않았다.

 마을 사람들의 환호를 받으며 용맹한 장수처럼 수없이 뿌렸던 마법.

 그 환호에 반비례하여 마나와 체력은 점점 고갈되어 갔고, 자메르가 가져온 백여 개의 마법 냉동고는 착착 마차로 이동되어 갔다.

 "아쉽군. 조금만 더 잡았으면… 좋을 것을."

 '헉! 이 양반 봐라?'

 사람의 욕심은 끝이 없다더니 자메르가 딱 그 꼴이었다.

 막노동에 쓰러진 나를 걱정하는 것이 아니라 아직도 바다 위에서 팔팔 날아다니는 참치 떼를 아까워했다.

 그도 그럴 것이, 내가 움직이면 무조건 잡아들일 수 있는 돈 덩어리.

 나 같아도 쉬지 않고 기계를(?) 돌리고 싶을 것이다.

 '박카스 한 병 안 주고……. 배 째!'

 숨 쉬는 것도 벅찬 이 순간.

 빨간 석류를 확 베어 문 태양은 뻐끔뻐끔 찌를 물고 바다로 가라앉아 갔고, 땀으로 절은 온몸은 기분 좋은 피로감에 휩싸였다.

"리커버리."
그때 등 뒤에서 들려오는 아르미스의 고운 목소리.
사라라라라락.
'헐!'
조용히 내리는 눈송이처럼 전신을 포근히 감싸는 맨소래담 같은 싸한 기운.
피곤에 절어 고개를 돌리는 것조차 귀찮던 몸에 갑자기 활력이 치솟았다.
'뽕이다!'
일명 마약이라 불리는 초절정 피로회복제가 이런 맛이던가.
야간 사냥도 가능할 것같이 온몸에 힘이 펄펄 넘쳤다.
"수고하셨습니다."
아르미스를 위하여 노력한 것도 아니건만 진심이 담긴 수고했다는 말.
정신에 쌓인 스트레스도 말끔히 날아가 버렸다.
'신관의 능력이 이런 것이구나.'
잘 키운 신관 한 명 있다면 세상 부러울 것이 없을 것 같았다.
아무리 뛰어놀아도 회복 치료 한 번이면 말짱해지는 몸뚱이.

백만돌이 에너자이저 군도 두렵지 않을 것이다.

"카이어님은 열심히 사시는 분 같아요. 오늘이 아니면 내일이 오지 않을 것처럼 말이에요."

상품의 마디르를 빼고 나머지는 모두 마을 사람들의 몫이었기에 지금 해안가는 전쟁통이었다.

물고기나 마디르나 햇볕에 말리면 그만한 식량이 없기에 그동안 배고파 살았던 마을 사람들은 열심히 고기를 모았다.

그런 마을 사람들을 바라보고 있는 내 뒤에서 나에 대하여 말하는 아르미스.

'내가?'

짚어도 한참을 잘못 짚은 아르미스.

내가 오늘 열심히 피땀을 흘렸던 이유는 내일이 오지 않아서가 아니라 이왕 할 거 확 몰아서 해치우자는 의도였다.

어차피 한 번은 해결해야 할 일.

할 때 확실하게 하고, 놀 때 확실히 놀자가 내 신조였다.

어찌 사람이 죽을 때까지 풀가동하면서 살 수 있단 말인가.

"존경스러워요. 사제들도 알지 못하는 신의 마음을 그리 잘 아시다니……. 카이어님은 신이 보내주신 전언의 사자가 맞을 것입니다."

'얼라리요? 이게 아닌데…….'

내가 무슨 신의 사자씩이나 되겠는가.

그저 21세기 종교에 대하여 쌓인 것이 많아 잘 걸렸다 싶어 투정 한 번 부려본 것일 뿐이다.

"모든 것은 마음속의 형상이라……. 그 말씀, 영원히 잊지 못할 것입니다, 카이어님."

나긋하여 듣기 좋은 아르미스의 음성.

신력으로 피곤은 풀렸지만 갑자기 나른하니 졸음이 몰려왔다.

마치 마음 착하고 얼굴 착한 옆집 누이가 자장가를 불러주는 듯한 착각이 들었다.

'원효 대사님 멋쟁이!'

어찌 내가 그런 명언을 남길 수 있는 짬밥이 있겠는가.

'졸리다. 한숨 푹 자고 싶네.'

어느새 저물어 버린 태양을 뒤로하고 총총히 하나둘씩 불을 밝히는 하늘의 별님들.

오늘은 잊지 못할 밤이 될 것 같은 예감이 문득 들었다.

"자자! 마음껏 드십시오!"
"우헤헤! 살아생전 이런 기쁜 날이 있을 줄 몰랐는데."
"우리 카이어 형은 이 세상에서 내가 가장 존경하는 형이야! 너희들, 앞으로 변태 빤쓰 형아라 부르면 죽는다?"
'저, 저놈이!'

잊을 만하면 한 번씩 속을 뒤집어놓는 데론.

군데군데 자리 잡은 숯불 위에서는 귀족들만 맛볼 수 있다는 마디르와 돼지가 꼬치에 꿰여 빙빙 돌아가며 청룡열차를 타고 있었고, 내가 주문한 맥주를 제법 많이 가져온 자메르 덕분에 마을 사람들, 용병, 그리고 상인들까지 모두 신나게 먹고 마시는 잔치판을 벌였다.

"캬아, 내 생전에 이렇게 마디르를 배 터지게 먹는 날이 올 줄은 상상도 못했어."

"먹어! 먹어! 막 먹어! 언제 이런 날이 다시 찾아올지 모르니 말이야!"

최상품을 제외하고도 마디르는 수십여 마리.

자메르가 가져온 마법 냉동고 100여 개 이상이 꽉 찼기에 어쩔 수 없이 대규모 마디르 파티를 벌였다.

'초장에… 간장, 고추냉이에… 크으, 초밥에…….'

뚝뚝 기름을 흘리는 구운 참치도 먹을 만했지만 내 입맛에 익숙해 있는 종류는 회와 초밥이었다.

꿀꺽꿀꺽.

아쉬움을 달래며 D.H.A를 비롯해 각종 영양소가 풍부한 참치구이에 곁들여 마시는 시원한 맥주 맛.

눈물 나게 맛있다는 말은 이런 때를 두고 쓰는 말인 것 같았다.

"카이어, 자네 덕분에 오랜만에 마디르를 배 터지게 맛보는군. 정말 고맙네."

얼굴이 평소와 달리 붉게 상기되어 있는 자메르가 고맙다는 인사를 해왔다.

'고마우면 돈으로 주든가. 저녁까지 못된 선주 노릇을 해 놓고. 흥!'

아무리 떼돈을 버는 일이지만 눈이 돌아가 악덕 선주처럼 나를 채근했던 자메르의 사악한 심보를 잊을 수 없었다.

"카이어, 자네는 정말 특이한 힘이 있는 것 같네. 옆에 있는 이들을 즐겁게 해주는 묘한 힘이 있어."

존경까지는 아니지만 쓸 만하다는 눈빛으로 나를 보는 자메르.

굳이 그런 눈빛을 사양하지는 않았다.

"그런데 이제 슬슬 계산을 해야 하지 않겠습니까?"

'흐흐, 오늘 도대체 얼마나 번 거야?'

상품 한 마리당 50골드씩 받기로 예약했다.

어림잡아도 100마리 이상의 최상품 참치.

적어도 5,000골드 이상이 반나절 일당으로 계산되었다.

"참으로 자네나 나나 운이 좋았어. 세피르 축제의 달에, 잡히지 않는 마디르에, 공급과 수요의 법칙이 어긋난 환경인 이런 운을 만나기는 어렵거늘."

그녀와 함께 플라이! 149

하라는 계산은 안 하고 엉뚱한 소리만 내뱉는 자메르.

"마법사들이 자네처럼 융통성이 있다면 이렇게까지 마디르 사냥이 어렵지 않을 것이건만… 다들 4서클 이상의 마법사만 되면 어깨에 힘을 꽉 주고 절대 천하거나 위험한 일을 하지 않으니……."

안타까움인지 분노인지 알 수 없는 한탄을 흘리는 자메르.

듣기로 4서클 이상의 마법사가 되면 왕실이나 영지 소속의 마법사가 되어 풍요로운 삶을 살 수 있다 하였다.

'나 같아도 안 하겠다.'

3D업종과 진배없는 목숨 걸고 하는 마디르 사냥.

5서클 마법사라면 제법 쉽게 마디르를 잡을 수 있겠지만, 어디 5서클 마법사가 하릴없이 어부 짓을 하겠는가.

대충 보아도 마법사들은 대한민국에서 '사' 자 들어가는 분들 이상의 돈과 명예를 수반하는 직위인데, 비린내 나는 고기를 잡지는 않을 것이다.

더욱이 바다에는 물고기뿐만 아니라 5서클 마법사도 두려워할 몬스터까지 살고 있지 않은가.

"자메르님 같으면 4서클 마법사가 되어 물고기나 잡고 싶겠습니까?"

"그거야… 나도 안 하겠지. 누가 마법사가 되어 물고기나 잡겠는가. 또한 돈 때문에 어부 노릇을 했다는 것을 알면 마탑에서는 탑에 새겨진 마법사의 이름을 지워 버릴 것이네."

'거봐, 사람 심보는 다 똑같다니까.'

내가 하기 싫은 일 남도 하기 싫은 것이다.

물론 가끔씩 살신성인의 주제를 가지고 세상에 태어나신 분들이나 성격 특이한 이들은 솔선수범해서 할 수도 있다.

"카이어, 그런데 자네는 어디 마탑 출신인가? 자네 나이에 4서클 마법사에 이를 정도라면 대륙 마법계에 파다하게 소문이 났을 터인데……."

의심의 눈초리로 나를 살피는 자메르.

'알면 다쳐, 이 사람아.'

"비밀 임무 수행 중입니다."

이계에서 왔다고 말해봐야 나만 미친놈 될 뿐이다.

"총 금액은 상품으로 106마리 5,300골드. 자네가 부탁한 물품들의 가격은 752골드. 제하고 남은 4,548골드를 지불하겠네."

'호호, 4548골드!'

비밀 임무 수행이라는 말에 고개를 끄덕이더니 자메르는 계산 금액을 좔좔 뽑아냈다.

머리에 그려지는 약 5,000개 상당의 금화.

노력에 비해 엄청난 금액이 아닐 수 없었다.

"자메르님, 혹시 영지도 구입할 수 있습니까?"

그녀와 함께 플라이! 151

"영지? 지금 영지라고 했나?"

"네. 크기는 말을 타고 한 3, 4일 달릴 정도면 좋겠는데."

"자네, 귀족인… 가?"

자메르가 조심스럽게 물어왔다.

"아니요. 전 그런 거 안 키우는데요."

"끙, 그런데 영지라니……?"

황당한 표정을 짓는 자메르.

'정말 판타지 소설에 나오는 것처럼 귀족 작위를 받아야만 영지를 소유할 수 있군.'

모르는 것은 아니지만 확인이 필요했다.

"물론 자네에게 불가능한 일은 아닌 것 같군. 5서클 마법사만 된다면 남작 작위 정도는 어지간한 왕국에서 받을 수 있지. 하지만… 작위만 소유한 귀족과 영지를 소유한 세습 귀족은 다르다네. 영지라는 것이 한정되어 있고, 그 세습적 소유권이라는 것은 국왕이나 황제라도 마음대로 할 수 있는 것이 아니네. 반역이나 국세의 장기간 미납부 때에만 영지의 소유권이 이동할 수 있네."

'호오, 마법사가 역시 장땡이야!'

"물론 귀족 중에서도 가끔씩 세금이나 과도한 부채로 영지를 파는 자들도 있네만… 그 액수가 왕국의 남작지 정도의 작은 영지라 해도 300만에서 500만 골드 정도 하네."

"생각보다 얼마 안 되네요."

"얼, 얼마 안 되네요?"

나의 가벼운 대답에 눈을 동그랗게 뜨고 응시하는 자메르의 놀란 눈동자.

'사나이 강혁, 그깟 돈 몇 푼에 기죽을 내가 아니지.'

지구에서 한도 무제한의 카드를 써봤던 황태자 강혁.

300만이니 500만이니 하는 말은 귀에 들어오지도 않았다.

"그건 그렇고, 자메르, 부탁이 있습니다."

"부탁?"

종잡을 수 없는 나의 말에 자메르는 정신을 차리지 못했다.

"대충 사정을 알아봐서 알겠지만, 이곳 루나 마을만큼 좋은 요건을 갖춘 마을이 이 근방에는 없을 것입니다. 마디르도 해마다 몇 달씩 모습을 드러내고, 산에는 샤리프와 루디 같은 귀한 버섯과 채취물이 널려 있고, 사람들은 순박하지, 잘만 개발된다면 루비스 상단에 많은 도움이 되지 않겠습니까?"

"그렇지. 나도 루나 마을 같은 좋은 입지조건의 마을은 본 적이 없다네. 다만… 자르 산맥과 너무 가깝다는 것이 문제지. 그리고 마수도……."

'마수? 별로 강하지도 않은 놈이던데.'

벼랑 위 응달에서 홀랑 벗은 채로 아주 잘 마르고 있을 마수 가죽.

그녀와 함께 플라이! 153

자메르는 그 마수에 대하여 두려움을 품고 있었다.

"놈들은 교활하다네. 사람이 많거나 실력자가 있다면 잘 공격하지 않지만 자기보다 연약한 존재들은 피를 말려 죽이지. 그럼 놈들 틈에서 이런 마을을 유지하려면……."

상인답게 여러 기회비용을 따져 보는 자메르의 모습.

십분 이해는 갔다.

하지만 나는 루나 마을의 번영의 기초를 닦아줘야 했다.

내 목숨 값은 그 이상이었다.

"얼마면 5년 동안 이 마을을 안전하게 지켜줄 수 있겠습니까?"

"5년이라……. 오러 블레이드를 사용할 수 있는 1급 용병들에 최소 스무 명 정도의 이급 용병은 있어야 하고, 마을 방책도 다시 손봐야 할 것 같고, 예전의 상인들이 상주할 수 있는 대규모 마을이 되기 위해서는… 최소 만 골드는 있어야 하네."

'만 골드? 제법 나가네.'

"물론 거기에 신전이나 영지에 제출할 세금은 제외하고 말일세."

자메르의 표정을 보아하니 거짓은 아닌 것 같았다.

'도시도 아니고 마을 하나 확장시키는 데 상당한 돈이 드는군.'

짧은 순간에 내가 예상치 못한 여러 가지 비용을 생각할 수 있는 자메르의 능력.

쓸 만한 정도는 넘었다.

'돈이 부족하다. 그렇다면……'

마법사라고 알려진 마당에 이곳에 더 있을 수가 없었다.

당장 지금만 해도 나를 조심스럽게 대하는 마을 사람들.

더욱이 영주성까지 소문이 난다면 더 골치 아플 것이다.

"자메르, 혹시 마수 가죽도 구입하십니까?"

"마, 마수 가죽? 물, 물론이지. 마수 가죽은 없어서가 아니라 보석이라도 싸들고 와서 구입해야 할 상인들의 첫 번째 품목일세."

'흐흐, 역시 말려두길 잘했어.'

"자, 자네 설마 마수 가죽을 가지고 있나?"

주변 신경도 쓰지 않고 놀라 묻는 자메르.

"크기는 3미터 정도에 몸뚱이에 황금 줄무늬가 있고 얼굴은 표범을 닮았는데, 송곳니가 주먹만 한 놈을 뭐라고 부릅니까?"

"타, 타벨리거! 마수 중에서도 가죽 구하기가 가장 귀한 타벨리거의 모습이네!"

"거기에다가 상처도 거의 없는 깨끗한 가죽은 얼마 정도 할까요?"

그녀와 함께 플라이!

소유했다는 말은 하지 않고 자메르의 애간장을 태웠다.

'보석을 싸들고 와서 구입할 상인의 첫 번째 품목이라 이거지? <u>흐흐흐</u>.'

머리가 바쁘게 회전했다.

"그런 놈이라면 3만 골드 정도는 충분히 받을 수 있을 것이네!"

'허억! 3, 3만!'

똥개가 뼈다귀 묻혀 있는 땅바닥 파다 금반지 발견한 격으로 제법 쉽게 잡을 수 있었던 타벨리거라는 마수.

3만이라는 엄청난 돈을 안겨다 주었다.

'이거 다 때려치우고 마수 사냥꾼으로 나가?'

일확천금의 기회가 곳곳에 널린 사부의 고향 칼리안 대륙.

실력있는 자에게는 황금의 대지 엘도라도였다.

"설, 설마 자네……."

마른침을 삼키며 뒷말을 잇지 못하고 악독 선주 노릇 할 때처럼 사악한 눈동자를 빛내는 자메르.

"5만. 목숨 걸고 잡은 건데 3만이 뭡니까?"

"허억! 정, 정말이었군! 오오오! 세상에! 신이시여! 타벨리거의 가죽이라니!"

마디르를 얻었을 때보다 더 기뻐하는 자메르의 모습.

'뭐야? 좀 더 불러야 되는 거였어?'

손을 잡고 신께 감사를 드리는 자메르의 모습에서 무언가 손해 보는 느낌이 팍하고 꽂혔다.

"5만! 좋네. 5만에 타벨리거의 가죽을 사겠네."

'에궁, 10만이라도 살 기세였는데.'

그리고 진실은 금방 판명이 났다.

"4만 골드는 남겨놓겠습니다. 단, 10년 동안 이 마을을 보호하고 과거처럼 복구, 아니, 더 큰 마을로 만들어주십시오."

"…젊은 친구가 대단하군. 4만 골드면 몇 대가 편히 먹고살 수 있는 재물인데."

물론 그럴 수도 있을 것이다.

그러나 내 꿈은 그런 시시한 녀석이 아니었다.

"그럼 바로 가져다주겠습니다."

소유권 이전을 확실히 해야 뒤탈이 없는 법이다.

'이제 마음이 개운하군.'

내가 받은 은혜는 갚아야 직성이 풀렸다.

그것도 무엇과도 바꿀 수 없는 생명 값은 값을 매길 수 없었다.

'으드득! 사부!!'

물론 이렇게 똥개 훈련을 착실히 수행하게 만든 사부에 대한 원한은 차곡차곡 깊어져 갔다.

더럽고 치사해서 8서클 대마법사가 되면 지구로 귀환해서 사부의 마탑을 홀라당 태워 버릴 것이라 굳게 다짐했다.

'아, 아르미스.'
아픈 마을 사람들을 치료하고 아이들과 놀고 있는 모습이 마지막이건만, 어느새 나의 놀이터 절벽에 올라와 있는 겁없는 사제 아르미스.

술도 깰 겸 밤바다를 보고 싶어 오른 절벽 위에 그녀가 바다를 보고 서 있었다.

수북이 박혀 있는 별들이 달과 함께 헤엄치고 있는 밤바다를 성스러운 오라를 풍기며 하얀 옷자락과 긴 머리칼을 살포시 날리고 있는 그녀.

갑자기 잠잠하던 심장이 달리기를 준비하듯 거칠게 뛰기 시작했다.

'신비롭다.'
묘하게 사람의 마음을 끌어당기는 숭고한 아르미스의 미모에 가슴이 따뜻해졌다.

"신이 베푸신 생명력은 무엇으로 설명해야 하나요? 저 별과 달과 바다와 그리고 모든 생명을 가진 이들이 만들어내는 한 폭의 이 그림을 뭐라 말해야 하나요."

'헐, 지금 나보고 묻는 거야?'
모든 것은 마음속의 형상이라는 한마디에 나를 고차원적

인 철학가로 아는지 형이상학적인 질문을 던지는 아르미스.

"아름다운 것은 아름다운 것이고 추한 것은 추한 것일 뿐입니다. 거기에 더하여 아름다움의 구별을 애써 나누고 추한 것에 생각을 더 붙이는 마음이 문제가 아닐까요?"

"아름다운 것은 아름다운 것이고… 추한 것은 추한 것일 뿐이다……. 하아, 그렇군요."

'성철 스님, 죄송합니다.'

'산은 산이요, 물은 물이로다' 라는 말씀을 빗대어 한마디 읊어주었다.

아름다운 여인이 묻는데 남자가 한마디도 못한다면 유치원 교육을 잘못 받은 것이리라.

누가 책에서 그러지 않았던가.

모든 것은 '유치원에서 배웠어요' 라고 말이다.

"아름다워요. 지금 제 눈에 보이는 저 하늘과 바다와… 모든 것… 그리고 카이어님도……."

'커억!'

바다에서 자연스럽게 고개를 돌리며 아름답다는 말을 꺼내던 아르미스가 갑자기 나도 아름답다고 했다.

'지, 지금 나한테 들이대는 거야? 그런 거야?'

어떻게 해석해야 할지 모르는 난감한 상황.

열 미인 마다하지 않는 존재가 남자라는 동물이지만, 대놓고 들이대는 여인, 특히 신을 모시는 수녀 급의 사제가 쏟아지는 별빛 같은 눈망울로 남자를 아름답다고 말하는 이 순간을 어찌 판단해야 할지 난감했다.

"사람들에게 들었습니다. 마법사시면서도 힘을 감추고, 어려움에 처한 마을 사람들을 위하여 위험한 일을 마다하지 않으셨다고요. 그런 숭고한 희생을 하시는 그 마음, 자비의 여신을 모시는 이 소녀, 한없이 존경을 표하옵니다."

아름다움에 이어서 존경이라는 단어까지 귀에 들려왔다.

"아, 아니, 그게 저······."

대놓고 얼굴에 금박을 입혀주자 당황스러웠다.

내가 선행을 베푼 것은 알고 있지만 이 정도는 아닌 것 같았다.

그리고 그게 공짜가 아니라 나를 살려준 목숨 값이었다.

"앞으로 신의 은총이 다하여 저승의 강 루테를 건너갈 때까지 이 아르미스 신의 이름으로 맹세하건대, 카이어님의 모든 부탁을 들어드리겠나이다. 그 어떤 것이라도 말입니다."

'그, 그 어떤 것이라도, 그 어떤 것이라도······.'

머릿속에 맴도는 아르미스의 갑작스러운 맹세.

꿀꺽 마른침이 넘어갔다.

레전드 급이 분명한 여신 같은 미모를 소유한 아르미스가 내 어떤 소원이라도 들어준다 하였다.

방년 17세, 꿈 많고 호기심 많은 소년이 무엇을 상상할 수 있겠는가.

'크으, 그냥 여기서 짱박고 살아?'

지구에 계신 부모님과 친구들, 그리고 예린이가 마음에 살짝 걸렸지만 태어나서 저런 미인을 옆에 두고 살 수 있다는 보장이 없었다.

더욱이 이곳은 실력만 있으면 먹고살기 쉬운 세상.

가슴에 갈등이 일었다.

'아니야. 그래도 신을 모시는 사제인데.'

갈등의 골짜기를 헤매고 있지만 아무리 그래도 아르미스는 신을 모시는 성스러운 사제였다.

'세상은 넓고 여인은 많다!'

아직은 민증도 수령받지 못한 법적 미성년자.

더 큰 꿈을 위하여 아쉬운 마음을 일단 접었다.

"그 마음만 감사히 받겠습니다."

어차피 신께 맹세한 아르미스.

생색을 내며 마음만 받는다며 고개를 살짝 숙여 예를 표했다.

"제가 도리어 감사합니다."

감사하다는 말과 함께 고개를 숙이며 마주 예를 표하는 아르미스.

그녀와 함께 플라이! 161

'아! 이 향기…….'

연한 밤바람을 타고 퍼지는 아르미스의 상쾌한 냄새.

한 번 맡으면 잊을 수 없는 묘한 중독성이 있었다.

계절은 가을로 접어들었건만 봄꽃 향기가 사방을 에워쌌다.

아마 아르미스와 같이 산다면 평생 방향제는 필요없을 것이다.

"그런데 이 위험한 곳은 무슨 일로……?"

"갑자기 바다가 보고 싶었어요. 낮은 곳이 아닌 높은 곳에서 보는 밤바다의 풍경. 호호, 믿으실지 모르겠지만 제 어릴 적 꿈이 스카이나이트가 되는 것이었답니다."

'스카이나이트? 그건 또 뭐야?'

"한 마리 와이번을 타고 하늘을 나는 창공의 기사 스카이나이트. 이런 밤에 꼭 한 번 날아보고 싶었는데……."

'와, 와이번을 타고 하늘을 나는 창공의 기사! 헉! 와이번이 정말 있어? 그리고 그걸 탈 수 있단 말이야?'

사부나 마을 사람들에게 단 한 번도 듣지 못했던 스카이나이트라는 단어.

신녀인 아르미스가 거짓말을 하지는 않을 것이기에 믿을 수밖에 없었다.

무슨 이유에서인지 어릴 적 꿈을 포기하고 사제가 된 아르미스.

  신의 종이었건만 이 순간만큼은 인간의 모습을 아낌없이 드러냈다.

"날고 싶으세요?"

무심코 튀어나온 날고 싶냐는 질문.

"네. 간절히……."

아르미스는 하늘이 부서지는 바다 위를 보며 고개를 끄덕였다.

"그럼 제가 그 꿈을 잠시나마 꾸어드리겠습니다."

"……"

내 말에 고개를 돌려 내 눈동자를 응시하는 아르미스의 갈색 눈동자.

스윽 손을 내밀었다.

파르르 속눈썹을 떨며 얼굴을 서서히 붉히는 아르미스.

조용히 따스한 그녀의 손을 내 손이 잡아갔다.

"그럼 실례하겠습니다."

귀중한 도자기를 안듯 그녀의 허리를 한 손으로 감아갔다.

"아……!"

내 팔에 안기며 낮은 탄성을 지르는 아르미스.

'이렇게 가냘플 수가.'

개미허리라는 단어가 연상되는 아르미스의 가냘픈 허리.

한 손에 두르고도 내 팔의 공간은 넉넉했다.

두근두근.

내 심장이 뛰었다.

그리고 그녀의 심장 또한 내 두근거리는 심장만큼이나 빠르게 달리고 있었다.

"플라이!"

메모라이즈해 두었던 플라이 마법.

오늘 하루 온종일 플라이 마법을 펼쳐 지겨울 만하건만 자연스럽게 내 입에서 영창이 펼쳐졌다.

스스스스스스.

"모, 몸이 떴어요."

품에 안긴 사슴이 놀랄까 봐 레비테이션 마법만큼이나 살짝 펼친 플라이 마법.

아르미스는 두둥실 뜬 자신의 몸에 놀라 소리쳤다.

와락.

그리고 두려움에 내 목을 강하게 안아오는 아르미스의 가느다란 두 팔.

'흐윽!'

무심결에 나조차 의식하지 못하고 연결된 모든 순간들.

내 팔에 허리가 안겨 있는 여인의 탄력있는 느낌에 갑자기 정신이 번쩍 들었다.

'어, 어무이!!'

어머니란 단어가 간절히 흘러나왔다.

"아름다워요. 이 순간이……."

조심스럽게 절벽 위를 날아 파도가 하늘을 삼키고 출렁이는 바다 위에 어느새 도착하였다.

그리고 아르미스는 연한 나뭇잎이 속삭이듯 내 귓가에 아름다움을 노래했다.

'난 당신이 더 아름답소.'

마음속에 이는 작은 파랑.

아르미스를 안고 있는 팔에 힘이 더욱 들어갔다.

그리고 생각했다.

마법사가 되기를 참 잘했다고…….

Chapter 15
스카이나이트와의 대결

21세기
대마법사

"가는 건가?"
"얀, 얀스."
아르미스와 자메르가 떠나고 이틀 후.
상단이 싣고 온 갖가지 물품의 분배가 끝난 마을은 활기가 넘쳤다.
그리고 나는 아침 해가 떠오르기 전 자리에서 일어났다.
'어떻게 알았지?'
내가 할 일이 모두 끝난 마을.
바람처럼 왔던 것처럼 소리없이 사라지려 했건만 얀스가

자리에서 일어나며 가느냐고 물었다.

"하하! 이제 여행을 떠나볼까 합니다."

애써 아무렇지 않는 듯 밝은 웃음을 지으며 머리를 긁적였다.

누군가와 스스로 이별해 본 적이 없기에 어색한 감정이 소용돌이쳤다.

"그래야지. 젊은 때는 떠나야지……. 고맙네. 자네가 아니었다면 이 마을은 영원히 잊혀졌을 것이야."

평소에는 말없이 순박하기만 하던 얀스가 오늘따라 현자처럼 보였다.

"여, 여기, 빵이에요."

'세실까지……'

"어떻게 알았습니까, 제가 떠날 줄을?"

"그렇게 좋아하는 먹을 것도 마다하고 멍하니 생각에 집중해 있는데 누가 모르겠는가. 마음 없는 통나무도 눈치 챌 정도였어."

'크으! 밥 때문에!'

조용히 떠나려 했건만 밥 때문에 걸려 버렸다.

"아직 날씨가 따뜻하니 빵은 오늘을 넘기기 전에 드세요. 달걀을 넣어서 쉽게 상할 수 있어요."

매일 먹던 딱딱한 보리빵이 아니라 달걀을 넣은 부드럽고 하얀 밀가루 빵.

세실은 어느새 작은 가방에 빵을 가득 챙겨두고 있었다.

'쳇.'

얀스의 넉넉한 웃음과 아쉬워하는 모습, 빵을 챙기면서도 얼굴이 굳어 있는 세실의 슬픈 얼굴.

철모르는 데론만이 쿨쿨 아침잠을 즐길 뿐이었다.

'이래서… 이별을 사람들이 슬퍼했구나.'

막상 떠나려 했던 때와 떠나는 순간의 마음이 달랐다.

가슴 한구석이 뻥 뚫린 것 같은 기분.

코가 시큰거리며 눈시울이 붉어지려 했다.

"카이어, 자네의 이름밖에 모르지만 마을 사람들 모두 자네를 남이라 생각한 적 없네. 어디에 가서든지 외롭고 지치면 찾아오게. 이곳을 자네 고향처럼 생각하고."

얀스가 길 떠나는 아들을 배웅하는 표정으로 바라보았다.

"네, 걱정하지 마십시오. 여행이 끝나면 다시 찾아오겠습니다. 그때까지 얀스도 건강하십시오."

"그래, 자네도 건강하게. 끼니 거르지 말고……."

"조, 조심히 가세요. 그동안 고마웠습니다."

얀스가 목소리를 축축하게 물들이며 마지막 당부를 하였고, 세실은 고개를 들지 못하고 꾸벅 인사를 해왔다.

"제가 고마웠습니다. 세실, 다음에 올 때 선물 사올 테니까

꼭 맛있는 음식 해줘요?'

"네, 언제라도… 차, 찾아오세요. 흐윽."

끝내 말을 잇지 못하고 눈물을 뚝뚝 흘리는 세실.

"데론에게 안부 전해주세요. 형이 돌아올 때까지 멋진 사내가 되어 있으라고 말입니다."

"알았네. 변태 형아가 안부 전해줬다고 꼭 얘기해 줌세."

"……."

얀스의 농담에 갑자기 싸해지는 분위기.

"그럼 다녀오겠습니다."

"마중 나가지 않음세. 그리고 말 한 필이 방책 문 옆에 있을 것이야."

'마을 사람들도 알고 있었군.'

아무도 모르게 떠나려 했건만 사람들이 눈치를 채고 있었던 것이다.

덜컹.

더 이상 이별을 지체하다가는 나도 눈물을 흘릴 것 같아 힘차게 문을 열었다.

휘리리링.

어제까지 느낄 수 없었던 가을바람이 열린 문 사이로 휑하니 불어왔다.

'다들 안녕히 계십시오.'

짧았지만 길었던 루나 마을에서의 추억.

대륙을 여행하더라도 결코 잊을 수 없을 것이 분명했다.

'이제 시작이다!'

한 발 내디뎌 집을 나섰다.

그 순간 떠오르고 있던 붉은 태양의 햇살.

꿈과 모험을 위하여 떠나는 나를 위한 신의 작은 축복 같았다.

따가닥따가닥!

"으윽!"

만만하게 보았던 말이라는 동물.

영화에서 보면 주인공들이 멋지게 말을 타고 총을 쏘거나 검을 들고 돌격하였건만, 안장에 부딪칠 때마다 느껴지는 따끔한 살점의 느낌.

"멈춰, 이 밥통아!"

주인의 고통도 모르고 한가로이 초원을 거니는 말.

'으으, 이러다 치질 걸리는 거 아냐?'

마을을 출발할 때까지만 해도 얼마나 행복했던가.

대한민국에서는 말을 타볼 기회가 그리 많지 않았다.

여유있는 집안 자식들이나 승마를 배우지 나와 같은 평민은 말을 타볼 일이 없었다.

그렇기에 초보건만 말을 몰아 대지를 달렸다.

쉭쉭 지나쳐 가는 풍경과 대지를 내딛는 말발굽의 진동을 느끼며 그렇게 타기를 얼마.

갑자기 허벅지와 엉덩이 살이 아우성치기 시작했다.

'크으, 그래서 면허증이 필요한 거야.'

운전면허증도 없이 차를 몰고 나갔다가 낭패를 본 심정 그대로 나는 피눈물을 흘려야 했다.

바람을 가르는 자유를 느끼다가 그만 허벅지 살이 대부분 벗겨진 것이다.

히이이잉!

고삐를 잡아채자 좋다고 울음소리는 내며 멈춰 서는 갈색의 덩치 큰 말.

"으… 으으으. 오늘 도대체 몇 번째야."

마나가 다른 마법사보다 몇 배나 많고 채워지는 속도도 빠르기에 망정이지, 힐 마법을 펼치다가 마나 고갈이 되었을 것이다.

"힐!"

오른손을 뒤로 빼 엉덩이 부근에 가져다 대고 살포시 힐 마법을 펼쳤다.

파아앗!

고개를 돌렸지만 나는 목이 긴 기린이 아니었기에 상처난 엉덩이를 볼 수 없었고, 마법의 불빛만 구경할 수 있었다.

"아! 시원하다."

마법을 배워서 망정이지 잘못했으면 엉덩이에 굳은살 박힐 뻔하였다.

'역시! 마법사가 짱이야!'

엉덩이와 허벅지 부근에서 느껴지는 시원하고 상쾌한 감촉.

등골을 타고 묘한 쾌감이 쫘르르 흘렀다.

"배도 고픈데 빵이나 먹을까나."

이른 아침 마을을 떠나 무작정 길을 나섰다.

뭐, 길이라고 해봐야 풀 덮인 들길을 그냥 가면 그게 길이었다.

'이제 어디로 가야 하나……. 일단 성에 들러야겠지?'

사람이 예습만 하고 복습, 즉 마무리를 깔끔하게 못하면 화장실 가서 볼일 보고 밑을 닦지 않은 것과 같다고 할아버지가 몇 개 안 되는 교훈으로 가르쳐 주셨다.

'행정관이라는 놈을 족쳐야 해. 그래야 마을이 괴롭힘을 안 당하지.'

자메르에게 마을의 안전과 경제적 발전을 맡겼다면, 그 외의 것은 내가 처리해야 했다.

우적우적.

말안장에 매어 있는 가방에서 빵을 꺼내 씹었다.

"딸기잼이나 땅콩 크림이 아쉽군."

딱딱한 보리빵과 비교할 수는 없지만 아쉬운 것은 어쩔 수 없었다.

"그래도 부드러워서 좋네."

자메르가 가져온 소 중에 젖이 나오는 놈이 있어 우유에 달걀까지 넣고 반죽한 빵은 나름대로 고소했다.

하지만 설탕이나 소금, 그리고 각종 첨가물에 길들여진 내 입은 아직 이 세계에 길들여지기를 거부했다.

"캬아, 하늘 좋다!"

빵으로 허기를 달래며 나무 물통에서 물 한 잔 마시며 바라본 하늘. 구름 한 점 없는 전형적인 가을 하늘에 가슴이 시원해졌다.

"구름 한 점 없는 저 하늘, 오고 가는 이 하나 없네. 그런데 저 멀리 모습을 드러내는 새 한 마리, 바삐도 날아오는구나. 오잉? 새, 저게 새야?"

가을 하늘을 바라보며 뭉클 가슴에 치솟는 시상에 시 한 수 읊는 순간에 저 멀리 하늘에서 모습을 드러내는 새 한 마리.

아니, 새가 아니었다.

엄청나게 빠른 속도로 다가오는 거대한 존재.

"시, 시조새!"

놀라 소리쳤다.

공룡 그림이나 쥐라기 공원에서나 보았던 시조새가 분명한 거대한 새 한 마리.

하늘을 빙 돌더니 나를 향해 그대로 지상으로 꽂혀왔다.

"엄마야!"

빵이 소화되기도 전에 찾아온 갑작스러운 위기.

'무슨 마법을 사용해야 해! 이거! 으아아아!'

4서클 마법 중에 빠르게 움직이는 물체를 상대할 수 있는 마법을 재빨리 생각해 보았다.

세상에 멋지게 한 발을 내딛고 몇 시간 지나지 않아 새 밥이 된다면 가문의 망신이었다.

"윈드 실드!"

재빨리 마나를 몽땅 끄집어내어 두터운 방어막을 머리 5미터 상공에 펼쳤다.

아무리 시조새라 하더라도 한 방에 부서지지 않을 정도로 마나를 풀가동했다.

"아이스 스피어!"

앉은 자리에서 죽을 수는 없는 법.

복잡한 더블 캐스팅을 펼치며 굵직한 얼음 창을 소환해 내었다.

'와라, 이 씨방새야!'

어느새 백여 미터까지 다가온 시조새.

거대한 날개를 펄럭이며 톱니처럼 날카로운 주둥이를 내밀고 나를 향해 낙하해 왔다.

꿀꺽.

마른하늘에 날벼락, 아니, 시조새 한 마리 때문에 기분이 천국에서 지옥으로 급 추락했다.

침이 목을 타고 넘어갔다.

그리고 공격을 집중하기 위하여 눈에 힘을 꽉 주었다.

"허억! 저, 저건 또 뭐야?"

시조새처럼 생겨먹은 새를 노려보는 와중에 발견한 한 가지 물건.

"빤, 빤쓰? 아니, 갑옷이야?"

야생인 줄 알았건만 인간들이 만든 것이 분명한 문장이 그려진 천과 은빛 갑옷이 놈의 몸뚱이에 매달려 있었다.

"헉! 사람이다!"

그리고 보였다.

내려오던 시조새가 몸뚱이를 살짝 돌리는 순간 놈의 목 부근에 말고삐 같은 것을 잡고 오연히 서 있는 사람의 모습이.

휘이이이이이이익!

갑자기 나타난 갑옷 걸친 시조새와 사람.

지상에 거의 근접해 오던 시조새가 머리 위 10미터 정도에서 획하니 방향을 틀더니 왔던 방향으로 다시 날아갔다.

"지금 나 물먹인 거야?"

새벽 1시에 공동묘지를 찾아간 것처럼 긴장감이 극도로 치밀어 올랐건만, 나를 희롱하고 획하니 사라지는 시조새.

거대한 덩치에 어울리지 않는 엄청난 속도로 어느새 하늘 높이 올라가 버렸다.

"가, 가만, 설마 저게… 스카이나이트? 그럼 저 새는 시조새가 아니라 와이번?"

사제 아르미스가 어릴 적 꿈꿨다는 스카이나이트.

그제야 이해가 갔다.

"와아! 이 시대에 공군이 다 있네!"

와이번이라는 존재는 알았지만 그것을 활용해서 공군까지 창설할 줄은 몰랐다.

"휘이~! 죽인다."

상상만으로도 짜릿했다.

어릴 적 내 꿈 중에 한때 공군 조종사가 포함된 적이 있었다.

하지만 상당히 까다로운 신체 조건과 항상 비행 대기로 살아야 한다는 사실에 꿈을 접었다.

그런 내 꿈을 갑자기 생각나게 만들어 버린 스카이나이트라는 존재.

스카이나이트가 와이번을 타고 왜 나를 위협했는지는 중요하지 않았다.

지금 생각나는 것은 반드시 와이번을 조종하는 스카이나이트가 되고 싶다는 것뿐이었다.

'어차피 남는 게 시간. 결정했어! 새 한 마리 키워보는 거야!'

민증 검사도 없고 국가 자격증도 필요치 않는 이 세상.

마음이 내키는 대로 움직이면 그만이었다.

두두두두두두두!

'어라? 저건 또 뭐야?'

스카이나이트를 꿈꾸며 멋지게 하늘을 나는 내 모습을 상상하고 있는 와중에 들리는 급박한 말발굽 소리.

"어딜 가나?"

1킬로 정도에 있는 산모퉁이를 돌면서 나타나는 일단의 기마.

선두에 깃발을 들고 달려오는 약 오십여 기의 기마.

무엇이 그리 바쁜지 초원을 질주하고 있었다.

"엥? 저것들은 또 왜 나에게 달려오는 것이야!"

와이번에 이어 새로이 등장한 기마병.

"저, 저놈, 또 오네!"

기마병이 나타나기를 기다렸다는 듯 저 멀리 산등성이 너머에서 모습을 드러내는 와이번과 스카이나이트.

"아, 아니겠지, 설마 나 하나 때문에 저놈들이 몰려오는 것은."

이유가 없기에 아니라 생각하였다.

그러나 불길한 예감은 언제나 적중하는 것이 운명이 가진 못된 취미 중의 하나이다.

히이이이이이이잉!

힘차게 달려와 순식간에 100미터 정도의 거리를 남겨놓고 멈춰 선 기마대.

전투에라도 나가는 듯 전신 갑주로 무장한 기마대는 묵직한 기운을 토해내며 나를 노려보고 있었다.

'지금 한번 해보겠다는 거야?'

왜 저들이 몰려왔는지 이유는 알 수 없지만 분위기로 봐서는 맞장을 뜨고 싶어하는 것 같았다.

'이거 너무하는 거 아냐?'

아무리 잘나가는 마검사라지만 놈들의 대가리 수는 무시할 수 없었다.

더욱이 풍기는 기도로 봐서는 얼마 전에 만났던 어중이떠중이 기마병이 아니라 오러 블레이드를 사용할 수 있는 기사들 같았다.

'혹시 그때 그 일 때문에……!'

번뜩 스치고 가는 또 하나의 불길한 예감.

얼마 전 나와 얀스를 공격했던 행정관이 보낸 기마병들 모습이 무성영화처럼 스르륵 스쳐 지나갔다.

'영주가 알았다면… 그냥 넘어갈 일이 아니겠지.'

분명 없는 얘기 있는 얘기 다 만들어서 바보 같은 영주 놈을 구워삶았을 행정관.

아마도 지금 저들 머릿속에는 내가 영주를 무시한 겁대가리 상실한 마법사로 보일 것이다.

'맞네. 썩을.'

기마병들이 들고 있는 깃발.

영주성에서 보았던 자작가의 상징인 검은 방패 안에 그려져 있는 백마 두 마리와 똑같았다.

쉬이이이이이이익.

1대 50, 아니, 새 한 마리까지 포함된 대결 구도.

해병대 출신도 아니건만 이건 너무한 숫자였다.

그리고 골치 아픈 현실을 확인이라도 시켜주듯 스카이나이트를 태운 와이번이 천천히 기사단과 내 중간 지점에 날개를 펄럭이며 내려앉았다.

'크, 크다!'

하늘에 떠 있을 당시에도 좀 크다 싶었건만 눈으로 직접 본 와이번의 모습은 엄청난 크기였다.

길게 뻗은 두터운 뼈와 그 뼈를 지탱하고 있는 회색빛 두터운 가죽. 한쪽 날개 길이가 대충 보아도 10미터는 될 것 같았고, 몸통은 황소 십여 마리를 한데 엮어놓은 것처럼 두툼했다.

 거기에 축구공만 한 빨간 눈동자와 톱니처럼 날카롭게 맞물린 이빨, 무쇠처럼 단단한 부리, 어지간한 것은 다 부숴 버릴 것 같은 검은 발톱.

 보는 것만으로 다리가 후들거렸다.

 '으아아! 이 난국을 어찌해야 하오리까!'

 일반적인 기사라면 플라이 마법을 사용해서 하늘로 튀면 그만이었지만 와이번이 커다란 눈동자로 끔뻑끔뻑 바라보는 와중이라 몸을 날릴 수가 없었다.

 '다 죽여?'

 그것도 불가능한 일이었다.

 내 마나가 썩어나도 일반 병사도 아니고 전신 갑주로 무장한 기사들을 상대한다는 것은 아직 무리였다.

 그리고 결정적으로 또 와이번이 문제였다.

 "네놈이 그 겁없다는 흑마법사더냐!"

 '흑, 흑마법사? 내가?'

 일반적인 갑옷이 아니라 가죽과 은빛 쇠가 묘하게 조합된 갑옷이라 부르기 뭐한 것을 착용한 놈이 투구에 박힌 유리알

스카이나이트와의 대결 183

같은 것으로 나를 바라보며 준엄하게 꾸짖었다.

'영주다!'

어디서 많이 듣던 목소리라 생각하였건만 투구 너머로 들리는 목소리는 피요르 자작령의 영주가 분명했다.

"제가 마법사는 맞습니다. 그러나 흑마법사가 아니라 정의와 진리를 탐구하는 백마법사입니다. 하하하!"

어색한 웃음을 터뜨리며 대화의 물꼬를 텄다.

"웃기는 소리! 네놈이 감히 내 영지의 기사와 병사들에게 씻을 수 없는 치욕을 안기지 않았더냐! 아무리 마탑 소속 마법사라 해도 내 영지에서는 나의 법을 따라야 하거늘! 군마와 갑옷을 약탈하고 기사와 병사들의 명예를 더럽히다니! 그 죄, 내가 심판할 것이다!"

'단단히 뿔났군.'

짐작했던 대로 전후 사정도 모르고 행정관이 나에게 당해 거지꼴로 도망쳤던 놈들의 말을 믿는 영주.

괘씸했다.

모든 일이 영주가 영지를 잘못 다스려서 발생한 일이었건만 자신의 잘못은 모르고 나를 꾸짖고, 아니, 죽이려 하였다.

"도대체 나에게 무슨 죄가 있다는 것이오?"

아직 와이번과 스카이나이트의 위력을 모르지만 이대로 기죽은 채로 병신처럼 꾸중을 듣고 싶지 않았다.

천상천하 유아똥배짱!

죽을지라도 나는 내 마음대로 살 것이다.

"무엄하다! 마법사라지만 작위도 없는 자가 영주님께 망발을 뱉다니!"

오는 말이 고와야 가는 말도 곱다는 것을 모르는지 일장 훈계를 하는 기사 놈.

놈이 들고 있는 두툼하고 긴 검에서 파란 오러 블레이드가 피어오르고 있었다.

"움하하하하하하! 정말 웃기는 놈들이네. 똥 묻은 개가 밥풀 묻은 개한테 뭐라 한다더니 딱 그 꼴이야."

이 정도면 대화고 뭐고 필요없는 상태.

죽기 아니면 까무러치기였다.

"또, 똥 묻은 개? 이노오옴!!"

커다란 호통을 터뜨리는 기사.

놈의 몸뚱이에서 김이 모락모락 일어나는 환상이 보였다.

'한번 붙어보지, 까짓!'

숫자에서 밀리고 와이번이라는 변수가 있었지만 두렵지는 않았다.

파파바바바바박!

한바탕 드잡이를 하기로 마음먹는 순간, 와이번이 날개를 펄럭이며 하늘로 떠올랐다.

'선방 때려?'

지금이 공격하기에는 최적의 기회.

그러나 나는 추접스러운 놈이 아니었다.

쉬이이익.

바람을 펄럭이는 것도 잠시, 몸이 떠오르자 와이번은 상당히 빠르게 허공으로 상승했다.

'일단은 눈엣가시부터!'

와이번도 걱정이었지만 기사 50명이 마음에 걸렸다.

"공격하라!"

두두두두두두두!

영주가 손을 쓰기 전에 전과를 올리고 싶었던지 기사들이 공격해 들어왔다.

'오늘 딱 걸렸어!'

대책없는 자신감이 뭉클뭉클 가슴에서 새싹처럼 피어올랐다.

"아이스 포그!"

어지간한 4서클 마법은 매일매일 쉬지 않고 메모라이즈해 둔 상태.

다른 마법보다 마나 드레인 시간을 길게 잡고 대기의 마나를 차가운 안개로 바꾸어 버렸다.

'나 잡으면 용치~!'

내 주변에서 시작해서 순식간에 10미터에서 20미터까지 짙은 안개로 뒤덮여 가는 대지.

창!

탁!

'멀리 가서 놀다 오니라.'

히이잉.

말도 제대로 다루지 못하는 내가 말 타고 기사들과 상대할 수는 없었다.

힘껏 말의 엉덩이를 걷어차서 쫓아냈다.

두두둑! 두두둑! 두두두두두!

그 사이 거리를 상당히 좁혀온 기사단.

짙은 안개 속에서도 놈들의 검에서 뿜어져 나오는 오러 블레이드가 희미하게 빛을 발했다.

'흐흐, 맛 좀 봐라!'

갑옷으로 중무장한 기사단.

마법사가 있었다면 이렇게 무식하게 공격해 오지는 않을 것이다.

축축한 습기로 물들어 있는 아이스 포그.

두 손을 들어 사악한 미소를 지었다.

"라이트닝 웨이브!"

전격 마법 중 집중성이 아닌 확장성을 위하여 만들어진 공격 마법 라이트닝 웨이브.

찌지지지지지지지지지지지직!

"딕! 에어 실드!"

고기를 잡기 위하여 호수 안에 전기 고압선을 던져 놓는 기분이 이런 것이던가.

전격 마법을 던져 놓고 마법으로 땅속으로 파고들었다.

'안녕~!'

손을 흔들 사이도 없이 연속 펼쳐진 딕 마법.

몸이 쑤욱 땅 밑으로 사라졌다.

"크아아아악!"

"으아아아아아아아아!"

히이이이이이이이이잉!

그 와중에 들려오는 기사들과 말의 처절한 비명.

아무리 오러 블레이드를 다루는 기사면 뭐 하겠는가.

무식하면 용감한 것이 아니라 멍청하다는 것을 뼈저리게 온몸으로 체득하고 있을 것이다.

철퍼덕! 철퍼덕!

'대충 끝난 것인가?'

상당히 넓은 공간을 의식하며 펼친 전격 마법이었기에 죽을 정도는 아닐 것이다.

그러나 충분히 갑옷을 타고 짜릿한 전기 고문 맛을 보았을 기사들과 말들.

대지 위로 육중한 말들이 쓰러지는 소리가 파도처럼 들려왔다.

'문제는 와이번이라는 소리인데……'

만약 기사 놈들이 말이 아니라 검을 들고 십여 명씩 달려들었다면 상당히 고전했을 것이다.

그런데 고맙게도 살아도 같이 살고 죽어도 같이 죽는다는 전우애로 똘똘 뭉친 밥통 기사단.

내가 펼친 마법 그물에 걸려 전격의 파도에 심장이 오그라드는 충격을 맛보았을 것이다.

'마나가 충전될 때까지 기다려야 하나?'

딕 마법으로 땅속으로 파고들어 에어 실드로 공간을 확보하였지만 연속된 4서클 마법에 마나는 반 토막 난 상태.

마법이 활용성 면에서는 우수했지만 마나가 떨어지면 바로 개털이 되었다.

"놈을 찾아라!"

"이 근방에 있을 것이다! 샅샅이 찾아라!"

'어라? 움직이는 놈들도 있네?'

마나를 다룰 줄 아는 기사를 우습게 생각했던 내 잘못인가, 땅 위에서 발자국 소리 십여 개가 들려왔다.

"여기 땅이 수상합니다!"

"마나가 떨어졌을 것이다! 오러 블레이드로 땅을 찔러라!"

벌판에서 펼치는 아이스 포그 마법이 오래갈 수는 없었다. 더욱이 전격 마법에 의하여 차가운 속성이 사라져 버렸을 아이스 마법.

땅으로 파고든 자국을 발견한 기사들의 목소리가 머리 위에서 울렸다.

'제법이네.'

어떻게 마법을 벗어났는지 모르지만 기사들의 빠른 몸놀림이 놀라웠다.

"락 월!"

그대로 뛰어나갔다가는 고슴도치가 될 것.

대지 계열 마법을 머리 위에 펼쳤다.

우르르르르르!

머리 위를 덮고 있던 흙이 바위처럼 단단하게 변하며 사방 2미터 공간을 빙 둘러싸며 튀어 올랐다.

"헛!"

"이, 이게 뭐야!"

머리 위에서 공격을 준비하던 기사들의 놀란 목소리.

"타앗!"

순간 흙이 바위로 변해 사라진 공간으로 빛이 스며들어

왔다.

 검을 들고 힘차게 땅을 박차며 락 월 마법으로 만들어진 장벽 위로 치솟았다.

 "하하하! 이놈들아, 여기 있다!"

 허공으로 치솟은 순간 보이는 광경.

 시커멓게 그을린 갑옷을 입은 채 쓰러진 대부분의 기사, 말들과 달리 약 10여 명의 기사가 약하게 그을음이 묻은 갑옷을 걸치고 멀쩡히 서 있었다.

 '마법 갑옷!'

 이제야 상황이 이해가 갔다.

 갑옷 위로 그려지는 선명한 마법진의 그림자들.

 힘이 분산된 전격 마법을 방어할 정도의 마법 갑옷을 착용하고 있었다.

 '5서클 체인 라이트닝이었다면 모두 죽었겠지.'

 생각할수록 아쉬운 5서클 마법.

 입맛을 다시며 바닥에 착지를 하였다.

 "거, 검까지 사용할 수 있단 말이더냐!"

 나를 포위한 십여 명의 기사 중 한 명이 놀라 물었다.

 "마법이 전공이고 검술은 부전공이거든."

 "…마검사!"

 누군가의 입에서 마검사란 말이 흘러나왔고, 그 순간 포위하던 기사들의 몸이 움찔거리는 게 보였다.

"크크, 이제야 알겠더냐? 그런데 어쩌지? 오늘 나 기분이 무지 안 좋거든."

구라를 깔 때는 확실히 까야 하는 법.

마나가 부족해 내 상태도 별로 좋지 않았지만 사악한 웃음을 흘리며 기사들을 압박했다.

'아씨, 마법 갑옷 때문에 3서클 마법 따위는 통하지도 않을 텐데.'

속으로는 걱정이 태산이었지만 남아 있는 마나를 끄집어내 오러 블레이드를 크고 화려하게 만들었다.

"음······."

몸이 굳어버린 기사들의 입에서 신음이 흘러나왔다.

아무리 기사면 뭐 하겠는가.

기사라고 목숨이 두 개인 것은 아니지 않는가.

쉭!

'헛!'

기사들이 전의가 꺾여 있던 그 순간, 갑자기 귀청을 파고드는 세밀한 소음 하나와 온몸의 털이 바짝 서게 하는 느낌.

터억!

급히 락 월로 만들어진 바위를 박찼다.

퍼어억!

'저, 저건 또 뭐야!'

하늘에서 떨어진 것이 분명한 어린아이 팔뚝 같은 2미터 길이의 은빛 창.

마법으로 만들어진 단단한 바위를 두부 꿰뚫듯 깊숙이 박혀 파르르 떨고 있었다.

'영주!'

스카이나이트라는 존재를 잊고 있었다.

급히 고개를 들어 하늘을 살폈다.

"헉!"

"모든 기사는 뒤로 물러서라!"

마나가 잔뜩 담긴 영주의 명령.

파바바박!

말이 떨어지기가 무섭게 포위하고 있던 기사들이 뒤도 안 돌아보고 몸을 뺐다.

"어, 어?"

'이게 아닌데……'

도망치는 기사들을 부를 수도 없는 상황.

쉬이이익!

'으아아! 저 썩을 놈의 씨방새가!'

퍼버벅!

고개를 들어 쳐다볼 사이도 없었다.

무식한 창들이 바닥에 푹푹 박히는 굉음.
기사들이 도망친 방향을 향해 나도 달렸다.
'야! 같이 가!'
하다 하다 안 되면 도망치는 방법.
손자병법에서 말하던 최상의 계책이 아니던가.

"헉헉!"
'조낸 빠르다!'
마나를 발에 응집해서 달려나갔건만 나 못지않게 달리기를 잘하는 기사들.
매일 검을 들고 수련한 것이 아니라 도망치는 법부터 배운 것 같았다.
'이러다가는 도망치다 죽는다.'
약 7, 800미터 전방에 얕은 구릉 같은 숲이 있었지만 그 정도로는 도움이 안 될 것이 분명했다.
'저 잡놈의 새대가리가!'
하늘에서 말처럼 고삐를 움직이며 와이번을 자기 마음대로 조종하는 영주라는 자.
그리고 덩치 값 못하고 인간에게 조종당하는 커다란 통닭.
마음 같아서는 파이어 볼로 화끈하게 구워 버리고 싶었다.
하지만 현실은…….

'어디로 도망가야 하나? 아나……'

뛰어다니느라 남아 있던 마나도 거의 다 사용한 상태.

다른 4서클 마법사였다면 진작 대자로 누워 '나 잡아 잡수쇼' 했을 것이다.

쐐애애액!

내가 멈추자 기다렸다는 듯이 은빛 창을 날리는 영주.

'마법 아이템이다!'

도망치는 와중에는 보지 못했던 은빛 창의 정체.

반짝이며 마나를 머금고 있는 모습이 보였다.

'이놈이!'

가슴속에서 부글거리며 치솟는 분노.

아무 죄도 없는 나를 이리 핍박하는 새와 그 주인 놈에게 살의가 물씬 일었다.

'와라! 이 개새끼야!'

검을 고쳐 잡고 날아오는 창을 노려보았다.

쉬이이익!

하늘에서 마나를 담아 날리는 창의 속도.

빛살이라 해도 무방했다.

그런 창을 향해 검을 들었다.

'지금!'

던지는 순간 몇 초 되지도 않았건만 공간을 압축해서 날아

스카이나이트와의 대결

오는 마법 창.

남아 있는 마나를 긁어모아 힘껏 허공을 향해 후려쳤다.

쾅!

"커억!"

검이 어디로 갔는지 알 수 없었고, 내 몸은 후려친 충격을 이기지 못하고 바닥을 뒹굴었다.

울컥.

먹먹하던 가슴을 뚫고 뿜어지는 붉은 핏덩이.

그 와중에도 분노와 객기가 섞인 반항심에 피가 끓어올랐다.

'죽여 버리겠어. 모두 다.'

자신들의 잘못은 생각하지도 않고 무작정 공격하는 영주라는 작자와 기사들.

겨우 마법사 한 명 상대하려고 집단 공격을 가해온 파렴치한 자들.

난생처음 살기라는 것이 온 정신을 지배했다.

"후우!"

자리에서 일어나 숨을 길게 들이마셨다.

어느새 텅텅 비어버린 마나 홀.

상단전, 중단전, 하단전을 유통하며 허리 부근에 만들어져 있던 마나 홀이 바람 빠진 풍선처럼 확연히 줄어 있는 느낌.

'나 혼자만 안 죽는다! 네놈을……!'

호흡을 다듬으며 대자연의 기를 빨아들였다.

마나 홀이 비어버린 상태였기에 적어도 한 시간 이상은 마나 호흡법을 펼쳐야 하는 순간!

자칫 여기서 더 무리를 했다가는 서클 붕괴까지 맞이할 수도 있었다.

하지만 내가 선택할 수 있는 방법은 단 하나밖에 없었다.

'죽인다……'

약 올리듯 내 앞 허공 50미터 상공에서 표표히 날개를 흔들며 정지 비행을 하고 있는 와이번과 영주.

머릿속에서 나에게 금지된 서클 공식을 끄집어내었다.

'바람의 마나여, 그대의 냉정한 입김을 원하오니 여기 임하여 나의 뜻을 따라주오! 거역할 수 없는 바람의 칼날! 분노의 냉정한 폭풍이여!'

손을 모으며 상단전과 중단전, 하단전을 개방하고 자연의 대기를 모조리 끌어 모아 서클에 밀어 넣었다.

'크으……'

갈가리 찢겨지는 고통이 이런 맛이던가.

정수리에서 시작해서 발밑까지 정화되지 않은 마나가 휘돌며 마나 통로를 난도질하였다.

'늦, 늦었다! 이놈!'

나의 모습에서 이제야 이상함을 알아챘는지 와이번이 날개를 퍼덕이며 도망치려 하였다.
"크, 크크, 가라! 윈드 토네이도!"
5서클 풍계 마법 중 가장 강력한 마법.
4서클 윈드 커터보다 몇 배나 강력한 바람 칼날의 폭풍.
버언쩍!
두 손을 힘껏 뻗어 서클에 모인 마나와 의지를 놈에게 향하였다.
휘이이잉!
의지와 결합한 마나.
파란 마법의 빛으로 향하여 작은 바람이 불기 시작했다.
촤아아아아아아아아아아악!
하지만 그것도 잠깐.
허공을 갈기갈기 찢어발기며 바람 칼날의 폭풍은 와이번과 영주라는 작자를 덮쳐 갔다.
쿠에에에에에에에에에에엑!
처음으로 들어보는 와이번의 날카로운 비명 소리.
퍼버버벙!
'시, 실드 마법!'
놀랍게도 와이번의 몸에서 거대한 실드 마법이 펼쳐지며 윈드 토네이도 마법을 막아냈다.

쩌저저저저저저저저저적!

하지만 그것도 잠시, 실드를 박살 낸 분노의 마법이 와이번을 덮쳤다.

빙글빙글.

실드 때문에 상당히 반감된 공격력이지만 5서클 마법은 강력하기 그지없는 위력.

와이번은 날개에 상처를 입었는지 휘청거리며 상공을 빙글빙글 돌더니 중심을 잡지 못하고 지상으로 추락했다.

"헉, 헉헉!"

거친 숨이 몰아쉬어졌다.

서클 법칙을 무시한 마법의 사용.

방금 전까지 갈가리 찢겨질 것 같던 마나 통로들의 고통이 거짓말처럼 멈춰 있었다.

그리고 느껴지는 서클의 묵직한 느낌.

'5, 5서클?'

놀랍게도 네 줄이 아닌 다섯 줄의 서클이 허리 부근을 휘돌고 있었다.

'썩을, 진작 오를 것이지.'

목숨을 버릴 정도의 극한 상황에 이르러서야 얻어지는 깨달음.

벌써 두 번째였다.

쿠웅!

5서클에 놀란 충격에 마음을 다스리고 있는 사이, 와이번이 거대한 동체를 땅바닥에 착지시키며 파닥거리고 있었다.

스윽.

바닥에 널브러져 있는 기사들의 검 중 하나를 집어 들었다.

저벅저벅.

그리고 눈빛을 빛내며 약 100여 미터 떨어져 있는 와이번을 향해 천천히 걸어갔다.

"자, 자이… 건! 자이건! 정신 차려, 자이건!"

다피스 왕국의 피요르 영지의 영주이자 자작의 작위를 소유한 다니안.

자신의 와이번인 자이건의 이름을 애타게 불렀다.

평범한 기사였던 그를 오늘에 있게 만들어준 일등 공신 와이번.

자이건이 있었기에 자작의 작위와 함께 영지도 하사받았으며, 오늘날에는 왕실 근위 스카이나이트 기사단의 단원까지 될 수 있었다.

그런 자신의 사랑하는 와이번이 흑마법사의 강력한 마법에 맞아 상처를 입어 퍼덕이고 있었다.

단단하여 어지간한 무기로는 상처도 낼 수 없는 날개가 수

십여 조각으로 찢겨져 너덜거렸으며, 자동 실드 마법진이 새겨져 있는 갑옷도 군데군데 상처가 난 와이번.

고통에 찬 구슬픈 눈동자로 자신의 주인을 애처롭게 바라보고 있었다.

"크윽, 자이건……."

가족보다 더 사랑하며 애지중지했던 와이번.

처음 스카이나이트 기사 학교를 졸업할 때 자이건이 자신을 선택하지 않았다면 오늘의 영광도 없었을 터.

다니안 자작은 가슴이 찢어지는 고통을 느꼈다.

자이건과 함께 한 15년의 세월.

이런 패배와 상처는 처음 있는 일이었다.

"아프더냐? 고작 그깟 와이번 한 마리 때문에 영주라는 작자가 눈물을 흘릴 정도더냐."

어느새 다가왔는지 마검사가 분명한 검은 머리의 흑마법사가 비아냥거렸다.

"죽여 버리겠어!"

차앙!

스카이나이트에게 허락된 가벼운 롱 소드를 빼어 든 다니안 자작.

마나를 끌어올려 오러 블레이드를 펼쳐 놈의 몸을 베어갔다.

캉!

"컥!"

하지만 감정의 기복에 빠져 있는 다니안의 검을 단 한 수에 날려 버리는 흑마법사.

"웃기는 놈일세. 네놈이 죽인다고 내가 죽어줄 것 같나?"

차갑고 분노에 차 있는 흑마법사.

"어, 어떻게 할 것이더냐!"

비릿한 웃음을 지으며 입가에 살소를 머금은 흑마법사의 모습 속에서 불길함을 느낀 다니안 자작.

와이번을 향해 검을 치켜드는 놈의 모습에 심장이 얼어붙는 충격을 받았다.

"왜? 쉽게 죽일까 봐? 걱정하지 마. 그리 안 해도 궁금했거든. 와이번 가죽이 얼마나 단단한지, 저 몸통 속에 오늘 먹은 고기가 몇 덩어리인가 말이야."

잔혹한 말을 서슴없이 뱉어내는 흑마법사.

"차, 차라리 날 죽여라!"

"그것도 걱정하지 마. 영주라는 작자가 자기 영지민들이 굶는지, 몬스터에게 뒈지는지 신경도 안 쓰는 놈인데 살아서 뭐 하게."

까칠한 흑마법사의 말이 비수가 되어 다니안 자작의 가슴을 후벼 팠다.

"그, 그게 무슨 말이더냐! 내 영지는 다른 영지보다 살기 좋은 곳이다! 세금도 낮고 영지민들도 다들 만족하고 살고 있는데 무슨 헛소리더냐!"

기사일 당시부터 악독 귀족이 되지 말자고 다짐했던 다니안 자작이었기에 흑마법사의 말에 발끈했다.

죽어도 잃어버릴 수 없는 명예와 자존심.

다니안은 자신의 양심에 떳떳했다.

'어라, 이놈 보게?'

거짓말 탐지기를 들이대도 진실로 판명될 것 같은 영주라는 작자의 말.

사실 처음 인상이 나쁘지는 않았다.

'하아, 고민되네.'

건전한 21세기 문명 교육을 받고 자란 내가 살인을 함부로 할 수는 없었다.

하지만 어디 몇 군데 작살을 내 병신 정도는 만들 각오는 되어 있었다.

"후후, 그 거짓말을 믿으란 말이더냐? 자르 산맥과 가까운 대부분의 마을은 기사나 영지 병사들의 도움도 받지 못한 채 농사지을 손으로 검을 들고 스스로 목숨을 구하거나 죽어가거늘, 영주라는 작자가 뭐 잘났다고 그러는 것이더냐!"

"그 점은 내가 할 말이 없다. 얼마 되지도 않는 기사와 병사들로는 넓은 영지를 구할 수 없다."

순순히 인정하는 영주.

그의 얼굴에 떠오르는 고뇌의 표정에 고민은 깊어갔다.

"그래, 그럴 수도 있지. 어차피 평민으로 태어난 죄니까. 하지만 그런 마을들에서 세금은 왜 이리 많이 걷는 것이더냐? 네가 나를 기억하고 있을지 모르지만 루나 마을의 세금을 내러 갔던 사람이 바로 나다."

"알고 있다. 흑마법사… 너의 검은 머리를 어찌 잊을 수 있겠는가."

"그래? 그럼 말이 쉽게 끝나겠네. 당시 루나 마을이 낸 세금은 네가 알고 있는 30골드가 아니다."

"뭐, 뭐라고? 30골드가 아니라고?"

내 말에 놀라 묻는 영주.

'이 자식, 순진한 거야, 바보야?'

"영주가 그것도 몰랐더냐? 뭐, 작은 마을이라 그럴 수도 있겠지. 하지만 똑똑히 들어라. 네놈이 수도에 가서 놀고 자빠졌을 때, 네 영지민들은 돼지 같은 행정관 놈과 상인, 기사들에게 피고름을 털리고 있었다. 네놈이 알고 있던 루나 마을이 30골드가 아닌 50골드였고, 다른 마을도 다들 그런다고 그러더라, 이 바보 같은 영주 놈아!"

"허억! 5, 50골드? 30골드가 아니란 말이더냐!"

"후후, 몰랐겠지. 그러니까 오늘 여기까지 쫓아와 망신을 당하고 있는 진짜 이유도 모르는 것이지."

"……."

나의 빈정거림에도 할 말을 잃고 멍하니 생각에 잠겨 있는 영주라는 작자.

"네가 한 말이 진실이더냐?"

나직한 목소리로 진실을 물어왔다.

"정 궁금하면 저 잘난 새대가리를 타고 각 마을을 돌며 물어보거라. 아니지. 네놈 옆에 서 있는 기사 놈들에게 묻는 것이 더 빠르겠다."

영주의 명에 도망쳤던 기사들이 어느새 주군 옆으로 다가와 검을 빼 들고 나를 경계하고 있었다.

꼴에 기사라고 자신들의 주군을 보호하였다.

"루베스 경!"

"주, 주군, 하명하시옵소서."

모든 이야기를 듣고 있던 기사들 중 한 명이 앞으로 나서며 고개를 숙였다.

"지금 여기 있는 마법사의 말이 사실이더냐? 행정관이 나 몰래 세금을 더 거둬들였단 말이더냐?"

"그, 그것이……."

아니라고 대답하지 못하고 말끝을 흐리는 루베스라는 기사.

"루, 루베스, 나의 친구여. 너에게 영지를 맡기고 떠난 내가… 잘못이더냐."

"……."

흐느끼는 듯한 영주의 목소리.

루베스라 불리는 기사는 그런 영주의 친구인 것 같았다.

"모두 알고 있었단 말이더냐. 크으, 영지가 젊은 날 너와 내가 그리 경멸하던 가혹한 귀족의 수탈의 장이 된 것을 모두 알고 있었단 말이더냐!"

"주, 주군, 저희를 죽여주시옵소서!"

"크윽!"

철컹.

영주의 분노에 찬 물음에 기사들 모두 무릎을 꿇었다.

"아, 신이시여……!"

하늘을 바라보는 영주.

투구가 벗겨진 그의 눈에서 뜨거운 사나이의 눈물이 주루루 빗물처럼 흘러내리고 있었다.

'아나…….'

분위기가 요상하게 돌아갔다.

들어보니 루베스라는 친구에게 영지를 맡기고 다른 곳으

로 떠나 있었던 영주.

영주가 없는 동안 행정관을 비롯한 기사들 모두 제대로 한 탕 해먹은 것 같았다.

'아쉽지만 이쯤에서 끝내야겠군.'

마음 같아서는 저 새대가리와 영주에게 뜨거운 파이어 볼 마법을 보여주고 싶었건만 영주 놈이 불쌍한 맘이 들었다.

믿었던 자의 배신.

딱 죽고 싶은 심정일 것이다.

"남자란 모름지기 집안을 다스리고, 그다음 국가와 나라를 위하여 일해야 하는 법. 어찌 제 집안도 다스리지 못하는 자가 국왕을 보필하고 나아가 왕국을 위해 검을 들어 천하를 논할 수 있단 말인가!"

지금 딱 어울리는 한문 시간에 배운 '수신제가치국평천하' 라는 구절.

준엄하게 영주를 꾸짖었다.

"마법사, 당신의 이름은 무엇이오?"

눈물을 멈추고 내 이름을 묻는 영주.

"카이어."

짧은 대답.

"카이어, 기억하겠소. 오늘 받았던 모든 것을 잊지 않겠소."

'이거 좋은 일이야, 나쁜 일이야?'

귀족과 생사의 대결을 벌이고 한눈에 봐도 비싸 보이는 애마, 아니, 애조(?)를 때려잡은 마법사.

 거기에다 자신의 치부까지 까발린 나에게 어떤 감정을 품을지 사뭇 기대가 되었다.

 '까짓것, 마음대로 하라고 해. 이제 두려울 것은 하나도 없으니까!'

 사실 나도 영주라는 작자가 고마웠다.

 죽을 고비를 당해서야 이룰 수 있었던 5서클의 벽.

 '이제는 빠져줘야겠군.'

 5서클에 이루었지만 너무 극한 상황에서 얻은 것이라 서클과 마나가 불완전하였다.

 일단 안전한 곳에 가서 서클과 마나를 안정시킬 필요가 있었다.

 "볼일 없으면 이만 가보겠소."

 볼일이 있을 턱이 없었다.

 자신들 눈앞에서 제법 레벨이 높아 보이는 와이번을 때려잡은 나.

 죽이지 않는 것만으로도 감사하고 있을 것이다.

 '뭘 봐! 썅! 눈깔을 쭉 빨아버릴라!'

 영주와 기사들에게서 고개를 돌리려는 순간, 몸뚱이에 홈집이 가득한 와이번이 나를 노려보았다.

그런 와이번의 눈두덩을 살의를 담아 바라보았다.
꾸구구구!
'자식, 까불고 있어. 닭대가리 주제에.'
새는 곧 닭이라 생각하는 나에게 덩치 큰 프라이드치킨 이상의 의미가 없는 와이번.
만물의 영장 인간에게 도전하는 족속들은 패서라도 교육을 단단히 시켜야 한다는 주의였다.
"아! 그리고 이 검은 내가 가져가겠소. 내 검보다는 못하지만 어쩌겠소. 사람 좋은 내가 손해를 감수해야지."
'흐흐, 손에 딱 맞네.'
촌장 어르신의 애검은 영주의 공격을 막아내느라 맛이 가 버렸다.
그리고 조금 전 와이번 가죽을 벗기려 들었던 기사들의 크고 두툼한 검을 챙겼다.
스윽스윽.
사람들이 보고 있는 와중에 이제야 마법 충격에서 깨어나고 있는 기사에게서 질 좋은 검집을 풀어냈다.
'길이는 1미터 30 정도, 무게는 대충 4킬로? 딱 좋네.'
날이 잘 서 있는 예검은 아니지만 검신이 단단하고 손에 묵직하게 와 닿는 검의 감촉.
마음에 쏙 들었다.

"하아, 날 좋다!"

무슨 일이 있었냐는 듯 하늘 한 번 바라보고 멀찍이 떨어져 있는 내 말에게 다가갔다.

초장부터 드잡이를 했던 내 첫 여행길.

앞으로 그리 평탄하지 않을 것 같은 예감이 문뜩 일어났다.

Chapter 16
블랙 와이번 용병단

21세기
대마법사

"뭔 길이 요래?"

처음부터 고속도로 같은 평탄한 길을 기대하진 않았건만 가도 가도 끝이 없는 초원과 낮은 산들은 날 심란하게 만들었다.

"길을 잘못 들었나?"

영주와 한바탕 땀을 빼고 무작정 말을 달렸다.

성으로 갈 일이 없기에 대충 북쪽을 향해 달려가는 길.

어느새 해는 저물어가고 있었건만 인가는 코빼기도 안 보였다.

"지도도 내비게이션도 없는 이놈의 세상. 이러다 쪽팔리게 미아 되는 것 아냐?"

촌장이 말하길, 이곳은 남대륙의 다피스 왕국이라 하였다.

그렇기에 길을 북쪽으로 잡았건만 아무것도 없는 벌판만 나를 반겼다.

"쫄딱 밤이슬 맞아야 해?"

말에 있는 도구라고는 빵이 들어 있는 가방 하나와 수통이 전부였다.

"마정석 가루도 없어서 마법진도 펼칠 수 없는데……."

머릿속에서 떠오르는 수많은 마법진.

알람 마법, 방어 마법, 보온 마법 등등 야영에 필요한 마법진의 수는 많았다.

하지만 정작 중요한 마정석 가루가 없었다.

'돈이 있으면 뭐 해, 쓸 데도 없는데.'

자메르에게 마을을 부탁하며 4만 골드를 위탁하였고, 촌장님에게는 비상금으로 사용하라고 4,500골드를 남겨주었다.

그리고 남은 1만 골드.

당장 그렇게 큰돈은 없다 하며 자메르는 루비스 상단 어느 지점에서나 바꿀 수 있는 지배상인 발행 철패를 주었다.

지점에 가서 내 이름을 대면 1만 골드를 현찰이나 물건으로 받을 수 있다 하였다.

그러나 문제는 돈이 있어도 쭈쭈바 하나 사 먹을 상점이 없는 허허벌판이라는 것.

문만 열고 나가면 24시간 편의점과 각종 상점이 즐비한 21세기가 갑자기 그리워졌다.

"어, 저것은!"

대한민국을 그리워하고 있을 때, 저 멀리 하늘로 치솟아오르는 가느다란 연기가 보였다.

"오, 예!"

답답했던 기분이 확 풀렸다.

목이 마를 때 누군가 건네준 삼다수 생수를 받았을 때의 기분.

"달려라! 호나우드!"

짧은 시간이나마 함께할 말에게 호나우드란 이름을 붙여 줬다.

히이이잉!

긴장을 풀고 있던 호나우드가 길게 말 울음소리를 내며 힘차게 전진했다.

나타나는 자들이 나에게 저녁밥과 잘 곳을 제공해 줄 수 있는 선량한 아저씨들이기를 간절히 바라면서.

"멈춰라! 가까이 다가오면 발사하겠다!"

연기가 솔솔 하늘로 치솟는 곳에 다다르자 보이는 수십여 대의 마차와 일단의 무리.

그리고 말을 타고 신나게 달려가던 내 걸음을 멈추게 만드는 화살을 든 용병 십여 명.

'사람들 인심 하고는.'

길을 가다 사람을 만났건만 반갑다고 인사는 못할망정 싸가지 없이 화살부터 들이대는 이 동네 인심.

총부리부터 들이댄다는 뉴욕 할렘가와 다를 바가 뭐가 있겠는가.

'어라? 이분들 봐라?'

거리는 약 50미터 정도.

팽팽하게 당겨진 활을 겨누고 있는 용병들 중 몇몇이 아주 낯이 익었다.

"어? 그 꼬마 아니야?"

"촌구석 마을의 간이 탱탱 부었던 그 녀석 아니야?"

"단장! 단장! 이리 와봐요!"

나뿐만 아니라 그들도 나를 알아보았다.

'젠장, 하필 이들이라니……'

마을에 다른 상단을 호위해 왔던 자칭 블랙 와이번 삼류 용병단.

"야! 이 버르장머리없는 꼬마 놈아! 겁도 없이 여기는 무슨 일이야!"

"푸하하! 론, 자네 오늘 밤 조심해야겠어. 꼬마가 복수하러 왔나 봐."

'으이구, 이것도 인연이라고.'

거구에 뱃살이 출렁거리는, 도끼를 무기로 사용하는 론이라는 용병이 앞으로 나서며 나를 상당히(?) 반겨주었다.

그리고 아직도 그날의 일을 잊지 못하는 용병들이 론을 약올렸다.

"무슨 일인가?"

용병단의 단장이 용병들의 부름에 나타나 무슨 일이냐고 물었다.

'딱 보면 몰라? 집도 절도 없는 가출 청소년이라는 것을?'

"하하! 안녕하십니까, 단장님? 제가 이번에 큰 꿈을 꾸고 용병계에 투신하려고 합니다. 혹시 저번에 하신 약속을 잊지 않으셨다면 이 한 몸 열심히 뛰어보겠습니다."

"투신? 하하! 재미있는 친구군. 이리 오게. 보아하니 마을을 도망쳐 나온 것 같은데 밥이나 먹었나?"

'그렇게 알아주면 나야 고맙고.'

마법사라는 것을 모르는 편이 속이 편했다.

아직은 부족한 이 세계에 대한 지식.

세상을 떠도는 용병들만큼 아는 자도 드물 것이다.

"감사합니다!"

대화 중에도 살금살금 말을 몰아갔기에 거리는 20여 미터.

경계를 하던 용병들이 활을 거두었고, 이내 나는 블랙 와이번 용병단 단장 옆에 이를 수 있었다.

"부모님은 허락하셨는가?"

나에 대하여 정확히 모르고 있는 용병단 단장.

'당신 같으면 허락하겠소?'

물으나마나 한 질문을 던지는 단장.

"물건이 아침마다 바짝 서는 사나이라면 부모의 뜻보다는 남자의 길을 가야지! 단장도 열다섯 살에 가출했다고 하지 않았소?"

땀 냄새 펄펄 나는 단어들을 뱉어내는 론.

"물론 그랬지. 환영한다. 난 블랙 와이번의 단장 히스라고 한다."

'단장이라고 그나마 마나의 기운이 조금 있네.'

몸집만 산도적 같은 다른 용병들과 달리 히스 단장은 몸에서 마나의 기운이 살짝 풍겨져 나왔다.

"카이어라고 합니다. 앞으로 잘 부탁드리겠습니다, 단장님."

"좋아! 카이어, 우리 한번 잘해보세."

손을 뻗어 악수를 청하는 히스.

"히스 단장, 무슨 일이오?"

막 손을 내밀어 악수를 하려는 순간 사십대 중반의 로브를 걸친 중년 사내가 다가왔다.

"하메르님, 얼마 전 저희 용병단에 들어오고 싶다던 소년이 찾아와서 지금 환영하는 중입니다."

"저 소년을? 으음, 신원은 확실한 것이오?"

물건을 살피듯 위아래를 훑어보는 중년 사내.

용병들을 고용한 상인인 것 같았다.

"확실합니다. 피요르 자작령의 루나 마을 소년입니다."

"인상이 나쁘지는 않구먼. 알겠네. 상행에 지장만 주지 않는다면 내가 무슨 상관이 있겠소."

"하하, 걱정 마십시오. 저희 블랙 와이번 용병단은 정직, 성실을 신념으로 삼고 있습니다."

"……."

히스 단장의 말에 할 말을 잃은 듯 멍하니 바라보던 하메르라는 상인.

조용히 등을 돌려 상인들이 모여 있는 모닥불 근처로 돌아갔다.

'푸하하하!'

속으로 웃음이 터져 나왔지만 참았다.

얼마인지는 모르지만 내가 몸담을 용병단.

내 얼굴에 침을 뱉을 수는 없었다.

"꼬맹아, 그런데 이 말은 뭐냐? 별로 부자인 마을도 아니던데 제대로 한 건 털어왔구나. 나는 가출할 때 염소 두 마리를 끌고 나왔는데, 요즘 애들은 참 통도 커요."

론이 호나우드를 보고 감탄을 터뜨리며 나를 통 큰 요즘 애들로 치부해 버렸다.

'이곳이나 지구나 별반 다를 게 없구나. 가출할 때 한몫 챙기는 것이 전통이라니……'

사람 사는 곳이라면 다를 게 없다는 옛 성현의 말이 통용되는 칼리얀 대륙.

나는 그렇게 용병이 되었다.

농부와 어부에 이은 새로운 직업 스킬을 습득하기 위하여 말이다.

"크! 그때 내가 밀밭에서 그녀를 넘어뜨렸을 때, 참으로 달도 밝았지. 사냥꾼이었던 그녀의 아버지가 우리를 발견했다면 화살로 쏴 죽였을 것이건만, 그때는 두렵지 않아. 싱그럽게 풍겨 나오는 밀 냄새와 품에 가득 안겨 파르르 떠는 그녀. 캬아, 어찌나 심장이 떨리던지……"

"그, 그래서 어떻게 됐어?"

"사람 속 터지게! 진도 좀 나가자고!"

'아이구, 아저씨들 하고는.'

무슨 야동을 보는 것도 아니고, 상단 마차를 호위하면서도 자신의 찬란했던 과거를 자랑하는 론과 그 주변에서 눈을 벌겋게 뜨고 침을 꿀딱꿀딱 삼키는 용병들.

사람만 바뀌었지 대한민국 고등학교 교실에 있는 착각이 들 정도였다.

전국제일의 수재들만 모였다던 대한고등학교였지만 쉬는 시간만 되면 남자 놈들끼리 모여 수군거리던 은밀한 성의 세계.

이메일로 갖가지 야동과 야한 만화를 주고받던 친구들이나 철없이 침이나 흘리고 있는 용병 아저씨들이나 똑같은 수컷 모습이었다.

"어떻게 되기는. 썩을, 하필 그때 라이칸슬로프 놈들이 마을을 습격하는 바람에 반쯤 벗겨놓고 싸우러 나갔지. 으으으! 똥물에 튀겨 죽일 라이칸슬로프 놈들!"

"그, 그게 끝이야? 밀밭에 있던 그 처녀는?"

"흐윽, 그 뒷얘기는 술 없이는 들을 수 없어. 지금도 생각하면 가슴이 찢어져! 으아아! 내 사랑 시스니아!"

덩치에 어울리지 않게 감수성이 풍부한 론.

통실한 살점을 흔들며 한 마리 시베리아 곰처럼 포효했다.

"아나, 그 바보 같은 계집애가 내가 돌아올 때까지 기다렸던가 봐. 나 대신 라이칸슬로프가 나타나… 시스니아를… 데리고 가버렸어. 죽일 놈들! 내가 침 다 발라놨는데! 크으, 억울해! 억울해!"

"뭐, 뭐야? 그럼 그걸로 끝이야?"

"그래서 결론은 시스니아라는 여인과 거사도 못 치르고 라이칸슬로프에게 빼앗겼단 말이야?"

"그걸로 끝은, 라이칸슬로프에게 복수하기 위하여 마을 자경대장님에게 일 년 동안 피나는 수련을 받고 산으로 찾아갔지. 그리고 얼마 후 놈들을 찾을 수 있었지. 그런데 찾지 말아야 했어."

"왜?"

조금 이상한 쪽으로 빠져드는 론의 이야기. 묘하게 흥미를 끄는 스토리 라인이었다.

"아나, 그 의리없고 지조없는 계집이 라이칸슬로프와 눈이 맞아서 새끼를 낳고 오순도순 잘살고 있는 게 아니야! 으으! 천하의 이 론님을 잊어버리고 한 마리 라이칸슬로프가 되어 살고 있다니! 그 충격에 촌장님 댁 염소 두 마리를 들고 가출했지. 그리고는 자네들도 알다시피… 오늘의 무적 용병 론님이 되었고 말이야! 움하하하하하하하하!"

'정신분열증 말기 증세가 분명해. 쯧쯧.'

달나라에서 방앗간을 운영하고 있는 달나라 토끼들이 빌려 쓴 돈을 갚지 못해 찾아온 사채업자 토끼들에게 달과 절구를 압류당해 화성으로 쫓겨났다는 이야기만큼이나 어이없는 결말.

"이, 이 뻥쟁이 론!"

"아이고, 속은 내가 바보지!"

용병들이 화를 내며 론에게서 등을 돌렸다.

'용병질도 생각보다 쉽네.'

말을 타거나 걸으며 마차와 같은 속도로 걷는 지루한 상행.

생각했던 것과 같이 위험하거나 긴장감이 있지 않았다.

"어때, 할 만하지?"

용병단장 히스가 옆으로 다가와 할 만하냐고 물어왔다.

'달랑 하루 사이에 뭘 할 만해!'

어제저녁에 용병이 되었건만 반나절 조금 지난 상태에서 할 만하냐고 묻는 히스.

촌구석 마을의 소년을 스카우트할 정도의 안목에 뭘 바랄 수 있겠는가.

"그냥저냥 좋네요. 흘러가는 구름도 좋고, 저기 날아가는 새도 좋고……."

"그렇지? 하하! 그럴 줄 알았어. 자네라면 용병들의 낭만을 충분히 감상할 수 있는 여린 감정의 소유자라는 것을 말이야."

'지금 무슨 말이 하고 싶은 것이야?'

"조금만 내 밑에서 고생하게. 가늘고 길게 용병계에서 살아남아 우리 용병단도 스카이나이트를 소유한 특급 용병단으로 만들 테니까!"

'스카이나이트를 소유한 특급 용병단!'

귀가 번쩍 뜨이는 정보.

"와이번을 용병들도 소유할 수 있습니까?"

"물론이지! 용병왕국 루베르에서 구입하면 된다네. 제일 싼 놈 한 마리에 제국 화폐가로 200만 골드 정도 하니까 앞으로 바짝 벌면 돼!"

'200만 골드? 어지간한 영지 매매가잖아!'

자메르가 말하기를, 귀족 간에만 매매가 되는 작은 남작령 하나에 300에서 500만 골드 사이라 하였다. 그런 영지 값과 비슷한 와이번 가격.

'용병단이 돈 좀 되는 거야?'

절대 200만은 고사하고 일 년에 천 골드나 벌까 말까 해 보이는 용병단.

아무리 생각해도 답이 안 나왔다.

"단장님, 우리 블랙 와이번 용병단이 이런 상행에서 받는 수고료가 얼마나 됩니까?"

"수고료? 이번 한 달짜리 상행 같은 경우에는 오러 블레이드를 사용할 수 있는 내 몫이 30골드, 그리고 나머지 용병들 일인당 3골드씩 해서 총 100골드가 조금 안 되네. 그런데 그건 왜 묻나?"

'100골드? 그럼 하나도 안 쓰고 안 먹고 도대체 몇 년을 모아야 하는 거야?'

대충 계산해 봐도 일 년에 1,200골드면 십 년에 12,000골드. 백 년을 벌어야 120,000골드였다.

'장난하나, 이 사람이! 나를 산수도 모르는 완전 바보로 취급하잖아! 크으!'

차라리 참치를 잡고 마수를 사냥하는 편이 훨씬 빠른 와이번 구입 비용.

블랙 와이번이라는 범상치 않은 이름으로 용병단을 꾸리고 있는 히스와 그의 부하들에게 믿음이 완전히 사라져 버렸다.

"하, 하하! 그냥 한번 물어봤습니다. 그런데 스카이나이트가 대단하긴 대단한 존재인 것 같습니다. 200만 골드씩이나 하고……."

"물론이지! 대륙 모든 남자들의 마지막 꿈이 스카이나이트가 아닌가! 하늘을 나는 창공의 기사! 거대한 날개를 편 와이번 위에 올라 긴 칼 옆에 차고 하늘과 대지를 호령하는 용사 중의 용사! 생각만 해도 가슴이 울렁거리지 않나! 저기 보게! 저 하늘을 나는 독수리를!'

'소설을 써요, 소설을!'

찍어보지는 못했지만 맛이 살짝 간 것이 분명한 히스 단장.

시시덕거리며 상행을 따라 걷는 덩친 큰 바보 용병들과 별반 다를 바가 없어 보였다.

'스카이나이트라……'

일개 용병단조차 소유하기를 희망하는 와이번.

가슴속 깊은 곳에서 소유의 의지가 불끈 솟아올랐다.

"저, 단장님."

"웅? 왜 그런가, 카이어?"

"일반 마법사나 기사가 스카이나이트를 상대할 수 있습니까?"

"그 무슨 말도 안 되는 소리인가! 자네, 오크가 약 먹었다고 오우거 이겼다는 소리 들어봤는가?"

"아, 아니요."

"그렇지? 바로 그런 말도 안 되는 이야기가 바로 자네 질문

일세. 높게는 수 킬로도 더 높게 올라 마법창을 쏘아대는 스카이나이트를 기사가 어찌 상대할 수 있단 말인가? 마법사라 해도 마법이 그렇게 장거리로 날아갈 수조차 없고, 대부분 근력도 약한 마법사들인지라 스카이나이트의 의지와 반응하는 마법창에 화살에 꿰인 개구리처럼 죽을 것이 분명하네. 역사상 스카이나이트를 쓰러뜨렸다는 기사나 마법사는 없었네. 아, 그러고 보니 딱 한 명 있긴 하네."

"네? 스카이나이트를 쓰러뜨린 사람이요?"

나도 그 한 명 중에 포함되어 있었지만 말할 순 없었다.

생각해 보니 영주가 내 실력을 간과하지 못하고 가깝게 비행하다 당한 우연한 승리라 할 수 있었다.

'누구야, 탱크포로 비행기를 잡은 사람이?'

궁금해지는 그 사람의 이름.

"지금은 전설 속 마법사로 기억되는 한 사람……. 한때는 우는 아이도 그 마법사의 이름만 들어도 울음을 뚝 그쳤다고 우리 할머니가 그러셨다네."

'헐? 호환마마보다 무서워?'

비디오를 보면 나오는 경고보다 더 무섭다는 그 마법사.

"백 년 전에 갑자기 사라진 대륙의 깡패 마법사. 자네도 들어봤을지 모르네. 그 한 사람으로 인하여 당시 제국과 모든 왕국 마법사, 마탑주들이 모여 함정을 파서 죽였다는 소문이 파다했으니까."

'어라? 백 년 전? 모든 마법사? 어디서 많이 듣던 내용인데?'

사부와 활동 시기가 비슷한 백 년 전 칼리얀 대륙.

무언가 이상한 기분이 등골을 타고 쭈욱 흘렀다.

"유일무이한 8서클 대마법사이자! 백마법사였건만 역사상 등장한 그 어떤 네크로맨서나 흑마법사를 능가하는 괴팍하고 잔인한 성품을 소유한 금안의 사신! 그 이름은……."

"아이달?"

내 입에서 무의식적으로 사부의 이름이 튀어나왔다.

"어? 자네도 알고 있었군. 그래, 바로 금안의 사신 아이달만이 스카이나이트를 하늘에서 쪼개 죽일 수 있는 유일한 마법사였지."

"헉!"

놀라지 않으려 다짐했건만 역사상 가장 잔혹 무도한 흑마법사보다 더 악명을 떨쳤다는 사부의 명성에 헉 하고 비명이 흘러나왔다.

'으으! 그럼 그렇지. 건달프 사부가 무슨 정의의 사도야!'

편지에도 간략하게 쓰여 있던 사부의 철천지원수 목록.

언제나 각 왕국에서 정중하게 해마다 선물을 알아서 보내고 자신을 모시려고 혈안이 되고, 무한정 연구 자금을 대주었다고 주장하는 사부.

진실은 절대 그것이 아니었다.

"내가 직접 보지는 못했지만 음유시인들이 지금도 부르는 노래에 보면 아이달 대마법사의 횡포가 대단했던 것 같아. 100살이나 먹은 나이에도 불구하고 예쁜 여자, 돈을 무지하게 밝혔다고 그러더라고. 또 거기에다 성격도 아주 포악해서 자신에게 단지 나쁜 마법사라는 말 한마디 했다고 잘나가던 마탑과 그 안에 있던 수십 명의 마법사를 마법 한 방으로 활활 불태워 죽여 버렸다네. 몬스터나 마족보다 포악하다고 평가받는 유일한 마법사가 바로 아이달 마법사라네."

'앞으로 아이달이라는 이름을 뻥긋하면 내가 사람이 아니라 아메바다, 아메바!'

지금도 악명을 자자하게 떨치는 건달프 사부.

이곳 대륙에서는 준마왕 급 대접을 받는 것이 분명했다.

"대단히 사악한 마법사군요."

"그렇지? 유일하게 마족보다 더 지독한 마법사라는 칭호를 받을 정도였으니……. 듣기로 혼자 사용하는 돈이 거의 한 왕국의 일 년 예산과 맞먹을 정도라 했으니 얼마나 대단했겠어."

'커억! 사부, 당신이 지존이십니다!'

혼자서 왕국의 일 년 예산에 맞먹는 돈을 썼다는 사부.

분명 그 돈을 각 제국이나 왕국에서 정중히 기부받았을 것이니 그 악행은 이루 말할 수 없을 것이다.

그러니 자존심 강한 마법사들이 한데 모여 사부를 이계로 관광여행을 보내 버렸지 않겠는가.

"그건 그렇고, 와이번을 길들여서 사용하려면 상당한 기술을 요할 것 같은데 따로 수련을 받는 곳은 없습니까? 기사 학교나 그런 곳 말입니다."

"기사 학교? 물론 있지. 스카이나이트는 중요한 국력의 척도이기에 국가에서는 각 영지마다 한 명 이상의 스카이나이트를 보유하여야 함을 국법으로 정해놓았네. 그리고 각 왕국들은 스카이나이트 기사 학교를 운영하고 있지."

"들어가기가 쉽지는 않겠네요?"

"당연하지! 스카이나이트 한 명 육성하려면 들어가는 돈이 장난이 아니고, 와이번 한 마리의 전력은 영지와 맞먹는 힘을 소유할 정도인데, 만약 와이번을 타고 상대 적국에 귀순이라도 한다면 전력에 커다란 차질이 발생하지 않겠는가. 그런 까닭에 철저하게 신분이 보장된 귀족들과 그 자제들만이 입학할 수 있다네. 자네가 아직 모르나 본데, 와이번을 타고 귀순한 집안은 역모에 준하는 처벌을 받는다네."

'그 정도야?'

물론 대한민국에서도 사관학교에 지망하려면 과거에는 집안 내력을 살폈다고 한다.

하지만 이 정도까지는 아니었다.

'이거 귀족이 되어도 쉽지 않겠는데?'

스카이나이트를 떠나서 멋진 와이번 한 마리를 타고 비행하고 싶었다.

'아르미스와 꼭 달이 뜨는 밤바다를 날고 싶은데.'

물론 중요한 목적은 따로 있었다.

"좀 더 쉽게 스카이나이트가 될 수 있는 방법은 없습니까?"

"쉬운 방법? 그거야 내가 말하지 않았는가. 200만 골드를 벌어서 용병왕국 루베르에서 구입하면 그만이라고."

'결국 문제는 돈이라는 소리인데……'

칼리얀 대륙에서 지구에서 못다 이룬 파라다이스를 건설하고픈 나.

그런 나에게 스카이나이트는 중요한 의미로 다가왔다.

들어보니 국력의 척도는 병사들의 병력 수가 아니라 와이번과 스카이나이트를 얼마나 보유하느냐로 결정되는 것 같았다.

"아! 다른 방법도 있지."

"다른 방법이요?"

"귀족이 아니어도 스카이나이트가 될 수 있는 방법이 아주 없는 것은 아니야."

"무슨 방법입니까?"

'이 양반, 사람 놀리는 재주가 있네?'

은근히 열받게 만드는 놀라운 언변을 소유한 히스 단장.

"30세 이하 4서클 이상의 마법사나 오러 블레이드 유저가 아닌 나이트 급의 기사라면 스카이나이트 학교에 입학할 수 있네."

'어라? 딱 나잖아!'

역시 능력있는 자는 어디를 가더라도 대접받는 것이 보편적인 진리였다.

"단, 먼저 일반 기사 학교를 졸업하고 작위를 받아야 하지만 말이야."

'일반 기사 학교의 작위?'

대단한 전력을 소유한 스카이나이트답게 조건도 까다로웠다.

"그런데 와이번은 다 모습이 똑같습니까?"

"흐흐, 자네가 촌놈이라는 것을 확실히 알겠군. 물론 당연히 다르지. 우리 용병단 이름이 뭔가?"

"블랙 와이번 용병단입니다."

"그렇지! 사람들도 저마다 능력치가 다르듯 와이번도 종족에 따라 특징이 나뉜다네. 내가 와이번을 구입하려고 자세히 알아본 바에 의하면 대충 다섯 종류의 품종이 있는데, 그중에서 가장 강력한 와이번이 바로 북부 대륙의 패자 바즈란 제국의 황실 근위 스카이나이트들이 소유한 블랙 와이번이야. 본 사람들에 말에 의하면 근육질의 거대한 검은 날개와 새카만 눈동자, 강철 같은 검은 발톱, 거기에 불까지 뿜는 능력까지. 리틀 드래곤이라는 별명으로 불릴 정도로 아주 강력한 놈이라고 하더군. 그래서 우리 용병단의 이름도 블랙 와이번이라고 내가 정한 것이야."

'블랙 와이번! 이거 당기는데?'

이왕 탈 차라면 엔진 강력하고 크고 안전한 것이 좋을 것이다.

"구입하기가 쉽지는 않겠죠?"

"물론이지. 약 40여 마리 되는 블랙 와이번은 거의 준귀족 대우를 받으며 황궁에서 살고 있다고 그러더라고. 더욱이 바즈란 제국을 상징하는 것이 블랙 와이번이 아닌가. 신성시 취급되는 것은 당연한 일이지."

'휴우, 아직도 알아야 할 게 한두 가지가 아니네.'

와이번 종류를 떠나서 대륙에 있는 제국이나 왕국조차도 다 알지 못하는 나.

배울 게 수두룩하니 널려 있었다.

"단장님."

"왜 그러나, 그런 게슴츠레한 눈빛으로?"

"앞으로 많은 가르침 부탁드리겠습니다! 지금껏 제가 알던 분 중에 단장님처럼 강하고 똑똑한 사람은 처음 만나봅니다! 존경합니다, 단장님!"

"오! 이제야 나를 제대로 알아봤군. 그래, 한번 열심히 해 봐. 내 자네를 힘껏 밀어줄 터이니."

도대체 밀어줄 구석이라고는 단 한 개도 없는 삼류 용병단.

히스 단장은 나의 아부에 만족한 미소를 지으며 입이 찢어지려 하였다.

'당분간 용병들과 생활하며 정보를 모은다. 그리고……'

언제 찾아올지 모르는 8서클의 경지.

칼리얀 대륙에 나만의 왕국을 건설하리라 마음먹었다.

타닥, 타다다닥.

마른 육포를 넣고 끓인 수프에 마른 빵을 적셔 먹으며 한 끼 식사를 때운 저녁.

잡다한 생필품을 취급하는 아이란 상단의 짐마차들은 동그랗게 원을 쌓으며 평원에 방어 진형을 구축했다.

'짠돌이 상인들 같으니라고.'

제법 큰 마을이 있었건만 이런저런 핑계를 대며 평원에 야영장을 꾸린 상인들.

나 같으면 삼류 용병들을 믿고 저녁잠을 자느니 마을 자경단과 방책을 의지할 것이다.

며칠 사이로 쌀쌀해진 날씨 탓에 모닥불의 온기가 따스하게 느껴지는 저녁.

불침번을 서는 십여 명의 용병을 제외하고 나머지 용병들과 상인들은 모닥불을 의지하여 가죽으로 만들어진 침낭에 들어가 잠을 청하고 있었다.

'이슬 맞고 자면 입 돌아간다던데……'

아직 어색하기만 한 야영.

풀밭을 대충 정리하고 만들어진 이상한 냄새가 나는 침낭 하나를 받아 들고 나는 고민에 빠졌다.

그냥 자자니 날씨는 쌀쌀하였고, 안에 들어가 자자니 가죽 부대에 담긴 고깃덩어리 같은 기분이 들 것 같았다.

"크르르룽, 크으으으……"

'잘도 자네.'

덩치에 어울리지 않게 말주변이 상당히 좋은 론이 그것도 인연이라고 나를 챙겼다.

자기가 용병 생활에 대하여 가르침을 내려준다며 나를 옆에 두었다.

그런 론은 낮에 입 아프게 떠들던 까닭인지 코를 골며 신나게 잠을 청하고 있었다.

"요즘 정세가 수상하지 않나?"

"그러게. 수십 년 동안 이렇다 할 전쟁도 없어서 먹고살 만했는데."

잠 못 이루고 있던 아이란 상단의 상인 세 명이 나와 가까운 자리 부근에 누워서 자기들끼리 이야기를 나누고 있었다.

"소문에 의하면 라비테르 제국이 미스릴, 철광석과 같은 군수 물자를 몇 년 동안 상당히 축적했다고 하더라고. 제국의 대표적인 록펠라 상단 쪽에서 흘러나온 정보라 믿을 만한 내용인데 들어들 봤나?"

"그 이야기는 나도 들었어. 그런 까닭에 라비테르 제국과 국경을 접하고 있는 몇몇 왕국이 바짝 긴장해 있더라고. 정규 병사들뿐만 아니라 어지간한 용병단과 상당수 장기 계약까지 했다고 하더라니까."

"에휴, 썩을 놈의 제국 놈들. 먹고살 만하면 내정이나 잘 다스리지 왜 전쟁은 일으키려고 난리야!"

"그러게 말이야. 라비테르 놈들이 움직인다면 바즈란 놈들도 가만있지 않을 것 같은데……."

"휴우! 오 년 전 대륙 가뭄의 충격에서 다들 이제 헤어 나오고 있건만."

 상인들답게 무게있는 정보를 다루었다.

 '이곳도 깡패 국가가 있나 보군.'

 지구에서도 몇몇 국가가 힘을 믿고 행패를 부리듯, 이곳 대륙도 마찬가지인 것 같았다.

 "참, 그 소식 들었나?"

 "뭔 소식?"

 "내가 며칠 전 북부 상인들에게 들은 내용인데, 하비스 왕국에서 이번에 대대적으로 스카이나이트 기사 후보를 받아들인다고 하더군."

 "하비스 왕국에서? 죽지 않으려고 발버둥을 치는군."

 "그러게 말이야. 하필이면 거대 제국 중간에 낀 것만으로도 불행한데 야만인 테미르 놈들까지 수시로 국경을 넘보니……. 쯧쯧, 용케도 그동안 잘 버텼지."

 "벌써 하비스 왕국력이 400년이 넘어가지?"

 "한때 제국으로 불리던 왕국이었는데 호전적인 왕국들에게 야금야금 영토를 잃고 죽을 날만 기다리고 있는 영감탱이 신세가 돼버렸잖아."

 "안됐어. 듣기로 하비스 왕국의 공주가 그렇게 미인이라고 하던데."

 "아마 이름이 로시아테라고 하지 않았나?"

"맞아! 북부의 얼음 꽃이라 불리는 로시아테! 한 번 보면 잊을 수 없다는 그 미모가 안타까우이."

'로시아테……'

가만히 듣고 있다 들려오는 로시아테라는 이름.

참으로 괜찮은 이름이란 생각이 들었다.

'강대국들 사이에 끼어 있는 오래된 왕국이라……. 꼭 우리나라 같네.'

하비스라는 왕국과 비슷한 대한민국의 현실.

중국, 일본, 러시아, 거기에 미국까지 못 잡아먹어서 안달이 난 대한민국과 비슷한 환경인 것 같았다.

"그만 자세나. 내일 오크 계곡을 통과하려면 오늘 푹 자둬야지."

"그래야겠지. 저번처럼 오크 놈들이 나타나면 한 팔이라도 거들려면 말이야."

야영지에서 멀지 않는 곳에서 보였던 일단의 산맥들.

그곳에 오크 계곡이라는 곳이 있는 것 같았다.

'하아, 지지리도 밝네.'

상인들의 말소리가 줄어들고 풀벌레조차 숨죽인 이 밤.

청승맞게 밝게 뜬 커다란 달과 쏟아질 것 같은 별빛이 눈동자를 파고들었다.

'엄마……'

그리고 갑자기 엄마 품이 그리워졌다.
그 누구도 채워줄 수 없는 엄마의 빈자리.
오늘따라 바람도 차가운 것 같았다.

Chapter 17
스카이나이트를 꿈꾸다

21
세기
대마법사

"사방을 경계하라!"
"이럇! 이놈들아! 뒈지고 싶지 않으면 빨리 움직여!"
히이이잉!
인상을 쓰며 용병들을 다그치는 히스 단장.
평소 같았다면 자유스러운 분위기에서 몇 마디 불만이 터져 나왔겠지만 무기를 움켜쥔 용병들은 사방을 바라보며 침묵을 유지하였다.
'이제야 용병들 같네.'
용병인지 시정잡배인지 구분이 안 갔던 블랙 와이번 용병단.

긴장한 모습에서 용병다움이 물씬 풍겨 나왔다.

'오크 계곡이라더니 분위기 한번 살벌하군.'

자르 산맥의 한줄기에 위치하고 있다는 오크 계곡.

이곳을 지나쳐 자르 산맥을 관통해야 이드발 왕국령으로 넘어갈 수 있다고 하였다.

'플라이 마법으로 정찰이라도 해야 하는 거 아냐?'

폭 100여 미터 정도에 높이는 3, 400 정도 되는 계곡이 아닌 커다란 협곡.

반나절 정도 되는 이 협곡을 지나쳐 가야 한다 하였다.

그런 협곡은 내가 보기에도 무언가 튀어나올 것 같은 분위기였다.

곳곳에 부서진 마차가 몇 대 널브러져 있는 모습이 과거 이 길에서 사람 꽤나 다쳤을 것이라 짐작할 수 있었다.

"카이어, 말에서 내려서 걸어. 괜히 오크 궁수들 표적이 될 수 있으니."

론이 도끼와 방패를 들고 급히 말에서 내리라 충고해 왔다.

'긴장감, 장난이 아닌데?'

마수를 잡을 때보다 더 심장이 뛰었다.

나보다 다른 사람들 때문에 감염되어 가는 분위기.

마부와 상인들조차 방패를 들며 조심스러우면서 빠르게 마차를 몰았다.

'이런 길은 병사들이 지켜줘야 하는 것 아냐?'

아직은 다피스 왕국령.

피요르 자작령을 지나쳐 이름도 상당히 긴 어느 남작령이라는 자르 산맥의 영역.

상인들이 활동하는 이런 곳은 세금받아 처먹는 영주들이나 국왕이 보호해야 함에도 병사들은 코빼기도 안 보였다.

'자기 목숨은 스스로 보호하라 이거지? 참고해 두겠어.'

알고 있는 것과 몸으로 체득하는 것은 다른 것.

하나둘 칼리얀 대륙의 관습에 익숙해져 갔다.

'이건 무슨 소리야?'

바람을 타고 귀에 들려오는 아주 미세한 소리.

마나가 강해질수록 신체 기능도 마나의 영향으로 오감을 비롯한 근육까지 발달해 갔다.

그런 내 귀에 들려오는 말 울음소리와 사람들의 비명.

제법 가까운 곳에서 뭔가가 벌어지고 있는 것 같았다.

'이들로 버틸 수 있을까?'

마수 이외에는 몬스터들과 전투를 펼쳐 보지 않았지만 왠지 못 미더운 블랙 와이번 용병단.

그들의 실력을 알고 있는 나는 걱정이 앞섰다.

얼마 동안인지는 모르지만 함께할 동료들이었다.

"론, 혼자서 오크 몇 명이나 상대할 수 있습니까? 세 마리?

아니면 다섯 마리?"

"세, 세 마리? 큼, 물론 나야 오크 열 마리가 달려와도 문제가 없지. 제아무리 오크라 해도 이 론님의 배틀엑스 한 방이면 오크 대갈통들은 잘 익은 수박 터지듯 박살이 난단 말이야! 음하하하!"

'열 마리? 한 마리나 상대하면 다행일 것 같은데?'

말을 더듬으며 억지웃음을 터뜨리는 론의 모습에서 오크들의 전투력을 대충 짐작할 수 있었다.

"마차를 멈춰라!"

신경이 날카로워져 있던 히스 단장이 마차를 멈추게 했다.

"히스 단장, 무, 무슨 일인가?"

상단을 이끌고 있는 하메르 상인이 놀란 목소리로 히스를 불렀다.

"아무래도 오늘은 일진이 사나울 것 같습니다. 계곡에서 전투가 벌어지고 있는 것 같습니다."

"전투?"

"다른 상인들이 공격받는 것이 분명합니다. 바람을 타고 비명 소리가 들려옵니다."

"공, 공격을……? 그럼 우리는 어떻게 해야 하나?"

히스의 말에 하메르가 당황하며 의견을 구했다.

"그거야 고용주가 결정해야 할 문제 아니겠습니까. 어떻게 하시겠습니까?"

이런 일에 대비하려 용병을 고용한 것.

히스는 하메르에게 결정권을 넘겼다.

"오늘 여기를 넘어가야 하는데……."

하메르 상인의 얼굴에 곤혹스러운 빛이 흘렀다.

상단이라는 것이 가고 싶으면 가고 오고 싶으면 오는 그런 단체가 아니었다.

기일이 제법 촉박한 것 같았다.

"그럼 강행 돌파하겠습니다."

"부탁하네. 만약 이곳만 잘 벗어난다면 샤두르 성에서 한턱 거하게 내겠네."

"알겠습니다."

믿음직스럽게 고개를 끄덕이는 히스 단장.

"모두들 말 잘 들었지? 고용주께서 돌파를 원하신다! 블랙 와이번 용병단의 용사들이여! 자신있나?!"

"까짓것, 돌파합시다!"

"오크 한둘 만나봅니까!"

"우리는 무적의 블랙 와이번 용병단입니다!"

"그럼 경계를 철저히 하면서 출발한다! 출발!"

사기를 돋워놓은 히스가 방패를 들고 제일 선두에 섰고, 그

스카이나이트를 꿈꾸다 247

뒤를 실력이 뛰어난 용병들이 따랐다.

'제법 큰 전투 같은데……'

상인들 마음이야 알겠지만 아무리 생각해도 블랙 와이번 용병단으로는 무리인 상황.

입맛을 다시며 론과 함께 마차를 따랐다.

어차피 용병단에 매인 몸.

까라면 까야 했다.

"모두 전투 준비!"

협곡을 한 200여 미터 전진했을까? 갑작스럽게 협곡 중앙에 넓은 공터가 보였다.

그리고 그 공터에서 벌어지고 있는 참상.

'저 새끼들이!'

십여 대의 마차를 몰고 있는 작은 상단과 30여 명 정도 되는 용병과 상인들을 비롯한 마부들.

아랫도리만 가죽으로 가린 흉측한 오크들과 치열한 접전을 벌이고 있었다.

"공격하라! 사람들을 구하라!"

오크에게 공격당하는 사람들을 보자 분노에 찬 공격 명령을 내리는 히스.

공격하라는 말과 함께 어느새 몸을 날리고 있었다.

'백여 마리도 넘겠군.'

창과 검 같은, 인간들에게서 빼앗은 것으로 보이는 녹슨 무기를 들고 공격하는 오크들.

키는 모두 160 정도로 그리 크지 않았지만 울퉁불퉁 솟아오른 근육과 푸르뎅뎅한 피부.

송곳니가 뻗어난 얼굴.

코는 뻥 뚫려 빗물이 들어갈 정도였고, 눈동자는 광기에 절어 있었다.

"오, 오크다! 으아아!"

오크 십여 마리도 자신있다던 론이 오크를 보자 비명부터 질렀다.

"론, 돌격 안 해요?"

"그, 그러고야 싶지만 마차는 누가 지키나?"

다른 용병들이 모두 달려가고 있는 와중에 부르르 몸을 떨며 마차 핑계를 대는 론.

창!

나는 검을 뽑아 들고 앞으로 달려나갔다.

"어, 어디 가, 카이어?!"

"보면 몰라요! 오크 잡으러 가죠!"

"위험해! 어서 이리 와!"

'론 아저씨하고 있는 게 더 위험해!'

대꾸도 하지 않고 달려갔다.
"지, 지원군이다!"
"모두 힘을 내라!"
꾸오! 꾸오오오!
붉은 피를 흘리며 수십 명이 쓰러져 있었다.
무식하게 사람들을 도륙하던 오크들이 블랙 와이번 용병단을 보고 괴성을 질렀다.
꾸에에! 구에르르!
들어주기 힘든 오크 언어를 남발하는 오크들.
반수 이상이 몸을 틀어 블랙 와이번 용병단을 향해 마주쳐 왔다.
"이놈들아! 이거나 처먹어!"
선두에서 달리던 히스.
그의 검에서 푸른 오러 블레이드가 가는 실처럼 피어올랐다.
론에게 들었던 이곳 기준으로, 오러 블레이드가 검을 새파랗게 물들이는 블레이드 나이트 급은 아닌 오러 유저 급인 히스.
창을 찔러오던 오크의 몸뚱이를 두툼한 바스타드 소드로 베어갔다.
촤아아악!

꾸에에에에에에에!

허리 부근이 반쯤 잘려 나간 오크.

푸른 피를 분수처럼 뿜어내며 누런 이를 드러내고 단말마의 비명을 질렀다.

"썩어 뒈지지도 않을 오크 놈들이! 모두 쓸어버려!!"

"이 잡놈의 오크 새끼들이 어디서!"

차자자장!

실력보다 입이 더 강력한 무기인 블랙 와이번 용병단.

예상외로 박진감 넘치는 육탄전을 펼쳐 갔다.

'하필 사람 모습이라니.'

인간들을 죽여 나가는 오크들이었지만 직립보행을 하는 존재들.

기분이 그리 좋지는 않았다.

쿠에에에!

하지만 결단의 순간은 빠르게 다가왔다.

오크들에 비하여 숫자가 부족한 용병단.

어느새 내 몫으로 한 마리의 오크가 녹슨 글레이브를 찔러 오고 있었다.

'쳇!'

껍찔한 마음과 달리 재빠르게 반응하는 몸.

기사들이 사용하는 두툼한 장검이 오크의 글레이브를 향

해 힘껏 내리찍어 갔다.
 카강!
 쇠와 쇠가 부딪치며 불꽃이 튀었다.
 '강하다!'
 순수한 근력만으로 부딪쳐 본 일격의 느낌은 단단한 절벽과 같은 오크의 무식한 힘.
 보디빌더 저리 가라 할 정도의 근육질을 자랑하는 오크의 모습에서 사부가 내 실력을 비웃으며 오크 똥이 되고 싶냐고 놀려댔던 이유를 이제 깨달았다.
 쿠에!
 더욱이 흉포함이 가득 들어찬 붉고 노란 눈동자.
 진물이 흐르는 오크의 눈동자 주변과 누런 이빨과 걸쭉한 침은 오크에 대한 미안한 감정을 저 멀리 날려 버렸다.
 '난 지금 장난을 하고 있는 것이 아니다! 살고 싶으면 죽여야 하는 전쟁터! 이놈을 베어야 한다!'
 자신보다 빈약한 내 근육 힘을 간파하고 비릿하게 승리의 미소를 머금어가는 오크.
 "탓!"
 짧은 기합과 함께 마나를 살짝 끌어올려 검에 담았다.
 쉬이이익!
 그리고 빠르게 펼쳐지는 횡 베기.

우두두둑!

오크의 몸뚱이가 횡으로 베어지며 검신과 손을 타고 뇌리 속에 생생히 뼈를 가르는 느낌이 전달되었다.

부르르.

오크의 몸속에 틀어박혀 있는 검을 빼내지 못하고 잠시 몸을 떨었다.

마수는 생겨먹은 모습이 맹수였기에 거리낌이 없었다지만 오크는 인간을 닮아 있는 존재.

심장이 빠르게 뛰고 호흡이 가빠왔다.

꾸에에에!

하지만 그것도 잠시, 동료를 죽인 나를 향해 달려드는 또 다른 오크의 길쭉한 창.

으득.

이를 악물며 오크의 몸에 박혀 있는 검을 빼내었다.

솨아아아아악!

그 순간 뿜어져 나오는 푸른 핏물.

엄청난 압력에 의하여 전달된 핏물에 옷이 젖었다.

쉬이익!

'죽여야 산다!'

번뜩 깨어나는 정신.

그대로 검을 돌려 창을 찔러오는 오크의 이마를 향해 내리

꽂아 갔다.

"오오! 신입, 대단한데?"
"봤어? 푸르스름한 오러 블레이드가 담겨 있었어!"
"무슨 소리야? 저 나이에 무슨 오러 블레이드야!"
"내가 똑똑히 봤다니까!"
'흥분했군.'
오크들과 용병들이 뿜어내는 진득한 살기에 나도 잠시 취한 것 같았다.
그리고 그 결과 내 주변으로 십여 마리의 오크가 이승을 하직한 채 땅바닥에 쓰러져 있었다.
"감, 감사합니다! 여러분이 아니었다면……."
"고맙소! 와칸 용병단의 이름으로 귀 용병단에 진심으로 감사를 표하는 바이오."
"업계의 규칙을 따랐을 뿐이오. 그런데 오크 계곡을 너무 무시한 것이 아니오. 겨우 이십 명도 안 되는 용병으로……."
나에게 쏟아지던 용병들의 시선이 오크의 공격을 받은 상인들과 용병들에게 옮겨졌다.
"그, 그것은 우리 잘못입니다. 갑자기 이곳을 건너야 하는데 용병들을 구할 수 없어서……."
"모두 다 우리 용병단의 무능 때문입니다."

십여 대의 단출한 상단과 그에 어울리는 조그만 와칸 용병단.

내가 보기에는 블랙 와이번 용병단과 다를 바 없건만 히스 단장은 어깨에 힘을 팍 주고 있었다.

"으으, 살려주세요."

"크윽! 어, 엄마!"

'다친 사람들이 많군.'

나와 히스의 선전으로 블랙 와이번 용병들은 작은 부상을 당한 몇몇이 다였지만, 오크들의 집중 공격을 받은 상인들과 마부들, 와칸 용병단원들은 많은 수가 죽거나 부상을 당해 있었다.

'이게 죽음이구나.'

난생처음 사람이 죽어 있는 모습을 보았다.

오크들이 흘린 푸른 피와 대조적으로 붉은 피를 쏟아놓고 쓰러져 있는 사람들의 시체.

안타까움과 묘한 기분이 가슴을 뭉클하게 적셔왔다.

"포션을 사용해서 다친 사람들을 치료합시다."

히스 단장이 인상을 구기며 포션을 사용하자고 했다.

"하지만 포션을 사용하면 오크들이 문제가 아니라 마수들이 공격해 올지 모릅니다."

살아남은 상단의 상인이 두려움에 떨며 거부 의사를 밝혔다.

스카이나이트를 꿈꾸다 255

"그렇습니다. 오크 계곡을 지나 포션을 구입할 수 있는 신전이 있는 마을까지 가려면 며칠을 더 가야 합니다. 죽는다면 저들의 운명이지요."

 와칸 용병단의 단장인 구레나룻 사내도 상인의 편을 들었다.

 '살기 위해서 동료도 버려야 하는군.'

 급하게 다친 이들의 상처를 살피는 어두운 표정의 용병들.

 포션이나 치료 마법 없이는 금방 숨이 넘어갈 자들이 대여섯 명은 되는 것 같았다.

 "이럴 때 마법사라도 있었다면……."

 "뭐가 아쉽다고 마법사가 이런 삼류 용병단에 들어와? 3서클 정식 마법사만 되어도 모셔가려고 눈을 뒤집는 일류 용병단이 수두룩한데."

 "그렇지. 나 같아도 목숨 보장도 안 되는 우리 같은 용병단에 들어오지는 않을 거야. 도끼로 머리를 맞지 않는 이상."

 자신들의 동료도 아니건만 남의 일이 아님을 알고 있는 블랙 와이번 용병단원들이 안타까운 표정을 지었다.

 오늘은 다른 용병들이 저리 죽어나갔지만 당장 그들도 죽지 말라는 법이 없다는 것을 잘 알고 있을 것이다.

 "컥……."

"제론, 참아! 이깟 상처로 죽는다면 네 사랑하는 아내와 새끼들은 누가 돌봐주나! 이겨내, 제론!"

오크의 창에 배를 찔린 제론이라는 30대 초반의 용병의 배를 찢어진 옷으로 막고 있던 남자가 울음을 참으며 악을 썼다.

"친, 친구야, 미안하지만… 우리 집사람을……."

입으로 핏물을 넘기며 눈동자에 힘을 풀려고 하는 제론이라는 용병.

"저리 비키세요."

도저히 보고 있을 수 없었다.

"비키라니? 지금 친구가 죽고 있는데 어디로 가란 말이야?"

입술을 꾹 깨물고 눈물을 참고 있던 제론 용병의 친구라는 자.

"친구를 죽이고 싶지 않으면… 제 말대로 하세요."

"자네가 빌어먹을 성직자야? 마법사라도 돼? 마지막 친구 가는 모습을 왜 못 보게 해? 크윽!"

누구에 대한 원망인지도 모르고 나에게 분노를 토하는 남자.

퍽!

주먹을 들어 그대로 얼굴에 날렸다.

철퍼덕!

제법 힘이 들어간 일격에 옆으로 나가떨어지는 남자의 모습.

'정체가 들통나는 게 문제가 아니다. 나의 선택으로 한 생명을 살릴 수 있다.'

나를 죽이려 한 악한 자도 아니고 가족까지 있는 평범한 삼류 용병의 목숨.

편리를 위하여 마법사임을 감추려 하는 내 계획과 바꿀 수 없는 귀한 생명이었다.

"힐!"

"허억!"

"마, 마법사!"

갑작스러운 나의 과격한 행동에 모두의 시선은 집중되어 있었고, 내가 생명의 노란 기운을 마법으로 만들어내자 용병들 입에서 경악의 신음이 터져 나왔다.

"조금만 참으십시오. 죽지는 않을 터이니."

배를 뚫고 깊숙이 상처가 난 창자.

다행스럽게 내장 외에 다른 장기는 다친 것 같지 않았다.

'다행이다.'

언제나 보면서도 나 자신도 신기한 마법의 놀라운 힘.

5서클에 이른 뒤 안정화된 강맹한 마나가 생명의 에너지로 전환되며 상처를 치유하였다.

상처 위에 소독약을 뿌릴 때처럼 보글보글 일어나는 거품.

그 안에서 마나는 상처를 아물게 만들며 새살을 돋게 만들고 있었다.

"고, 고서클 마법사다!"

"세상에……!"

세상 경험이 많은 용병들이 나의 마법 수준을 대충 파악했다.

힐 마법이 비록 2서클의 하급이지만 소유한 서클과 마나량에 비추어 마법 능력이 늘어나는 마나 비례법칙을 용병들도 대충 알고 있는 것 같았다.

"크, 크윽! 고맙습니다, 마법사님. 크윽!"

치유 마법을 펼쳐도 고통은 사그라지지 않는 듯 얼굴을 찡그리면서도 고맙다는 말을 뱉어내는 제론이라는 용병.

'고마우면 잘사쇼!'

처자식을 먹여 살리려 용병 일을 했음이 분명한 제론이라는 남자.

방금 전까지 절망에 빠져 있던 그의 눈동자에 삶의 희망으로 부풀어 올랐다.

'내 양심에 어긋나지 않는 모든 일, 내가 할 수 있는 일을 하지 않는 것도 죄악이겠지.'

잔잔하게 얻어지는 삶의 깨달음 하나.

이제 열일곱 소년이 알기에는 조금 주제넘는 점이 있지만, 나는 칼리얀 대륙에서 어른이 되어가고 있었다.

내 힘만으로 살아가야 하는 진정한 약육강식의 세계에서……

"지금까지 무례한 점이 있었다면 먼저 사과드립니다."

상단을 이끌고 있는 하메르가 고개를 숙이며 몸을 굽실거렸다.

'이래서 감추려 했건만.'

칼리얀 대륙에서 마법사가 어떤 대우를 받고 있는지 마을 사람들을 통해서 알고 있었기에 실력을 감추려 했다.

하지만 어쩔 수 없는 상황에서 마법사라는 것이 들통 났고, 대충 상황을 수습한 상인과 용병들은 이동을 하면서도 나를 두려운 시선으로 보고 있었다.

"아닙니다. 제가 마법사라는 것을 감춘 것이 잘못이지요."

"아, 아닙니다! 그런 말씀 마십시오!"

손사래를 치며 정색하는 하메르.

나를 두려워하며 비위를 맞추려는 모습이 역력했다.

"카, 카이어님, 혹시 소속되신 마탑이 어디신지……?"

불과 몇 시간 전까지만 해도 자기 밑에서 열심히 일하라고 어깨를 두드리던 히스 단장이 조심스럽게 내 정체에 대하여 물어왔다.

"비밀입니다."

"아, 네, 그러시군요."

두 번도 물어보지 않았다.

고개를 끄덕이며 저자세로 일관하는 히스.

'마법사가 조폭이야? 왜 다들 이렇게 무서워해?'

아직 다른 마법사를 만나본 적은 없지만 일반인도 아닌 용병들도 두려워하는 모습에서 마법사의 지위를 짐작할 만했다.

"저기가 샤두르 성입니까?"

"네, 저곳이 다피스 왕국의 맹장 로한 드 샤두르 백작님의 성입니다."

오크 계곡을 벗어나 잠시 휴식을 취하는 중에 저 멀리 보이는 평원의 성.

"상당한 신망을 받는 분인가 봅니다."

"다피스 왕국에서는 그렇습지요. 로한 백작님이 방어하는 북부 지역이 가장 중요한 전략적 거점이라 국왕 폐하를 비롯한 왕국 사람들 모두 존경하고 있습니다."

'응?'

산등성이 부근의 제법 높은 지대였기에 한눈에 보이는 거대한 평원.

 그런 평원에 자리 잡은 샤두르 백작 성 위로 갑자기 십여 개의 점이 솟아오르며 이쪽으로 날아왔다.

 "백작령의 스카이나이트들이다!"

 "와아! 대단해!"

 마차를 몰고 반나절은 더 가야 할 거리건만 순식간에 공간을 압축해 오는 스카이나이트와 와이번.

 '멋지다!'

 혼자서 비행하던 피요르 자작의 와이번과 비교할 수 없는 집단 비행.

 학익진 모양으로 편대를 이루며 열 마리의 와이번이 날개를 퍼덕이며 날고 있는 모습.

 보는 것만으로도 숨이 막히는 장관이었다.

 '스카이나이트······.'

 스카이나이트라는 단어만으로도 가슴이 두근거렸다.

 "백작 각하시다!"

 "휘이이이이! 멋지십니다!"

 어느새 수백 미터 정도 가까이 다가온 와이번.

 저마다 마법 갑옷을 착용하고 백작가를 상징하는 쌍검이 교차되는 문장을 몸에 두르고 있었다.

 그런 와이번 위에 꼿꼿이 서서 붉은 망토를 휘날리며 고삐를 잡고 있는 열 명의 스카이나이트.

와락 손을 움켜쥐었다.

'반드시 가장 멋진 와이번을 모는 스카이나이트가 될 것이야!'

사나이 강혁의 다짐.

머리 위를 날아 멀리 사라지는 와이번의 뒷모습을 보며 다시 한 번 맹세하였다.

"뭐, 뭐라고요? 알 값만 200만 골드라고요?"

"그렇습니다. 거기에다가 부화할 때까지 몬스터 흉성을 제거하기 위하여 매일 최고급 성수를 부어주어야 하고, 약 1년 동안 양육하고 비행 훈련 비용만으로 수십만 골드 이상은 너끈히 들어갈 것입니다. 또 와이번을 보호하는 경량화와 보호 마법이 걸려 있는 미스릴 합금 갑옷만 해도 100만 골드에 스카이나이트 전용 마법 갑옷이 적어도 수십만 골드. 대충 한 마리의 와이번을 구입해서 사용하려면 초기 비용이 400만 골드는 들어갈 것입니다."

'4, 400만!'

작은 영지 구입 비용이라 할 수 있는 400만 골드라는 숫자.

루나 마을 사람들은 50골드에도 피눈물을 흘렸건만 하메르는 아무것도 아니라는 듯 400만 골드를 입에 담았다.

"그렇기에 각 제국과 왕국에서 가장 중시하는 곳이 바로 스카이나이트 기사 학교와 그 부속 시설들입니다. 와이번을 교배시켜 수백만 골드 정도 하는 알을 얻고, 부화한 와이번을 정규 교육을 받은 스카이나이트에게 인계하여 막대한 비용을 치르지 않고도 고급 전력을 유지하고자 하는 것입니다."

'이 구라쟁이 히스 단장 같으니라고!!'

한쪽 구석에서 용병들과 죽어라 술을 퍼마시고 있는 히스를 노려보았다.

"자, 마셔! 우리에게 내일 따위는 없다!"

"크하하! 그렇지요. 우리 블랙 와이번 용병단에게 미래는 없습니다! 단지 오늘만 있을 뿐입니다!"

"스카이나이트를 소유할 블랙 와이번 특급 용병단을 위하여, 건배!"

'상습 청소년 약취 위인죄로 고발할까 보다!'

나 말고도 다른 마을에 들를 때마다 용병단에 들어오라 꼬이는 것 같았다.

대부분 이 대륙의 소년들이 꿈꾸는 스카이나이트를 팔아 꿈을 착취하는 히스.

'저렇게 퍼마시면서 저축은 무슨.'

상인들이 제공하는 술이라고 술통째 들이붓는 히스와 블랙 와이번 구라 용병단.

술에 취해 천국을 헤매고 있었다.

"그런데 왜 스카이나이트에 대해서 물으시는지……."

다 알고 있으면서 왜 묻느냐는 식의 눈빛을 보내는 하메르.

"하하, 그냥 요즘 시세가 궁금해서요. 저희 마탑에서도 스카이나이트에 대단히 관심을 가지고 있어서 말입니다."

"아! 그러시군요. 요즘은 어지간한 마탑에서도 대부분 스카이나이트 전용 마법사를 육성한다 들었는데 그 말이 사실이었군요."

'이건 또 무슨 소리야?'

그냥 대충 둘러댄 말에 고개를 끄덕이는 하메르.

"마탑에서 스카이나이트를 육성하는데 제국이나 왕국이 가만히 있을까요?"

"네? 그거야 마법사님이 더 잘 아시지 않겠습니까. 아무리 제국이라 할지라도 대형 마탑은 건들이지 않는 것이 불문율이 아닙니까요."

상인답게 무언가 눈치를 채려는 하메르.

"혹시나 해서 말입니다. 요즘 스카이나이트 때문에 마탑이 무시를 당한다 생각하는 마법사들이 많아서 한번 물어봤습니다."

"그렇군요. 마법사님들보다 더 대우를 받는 스카이나이트들이니……."

말을 하면서도 하메르는 내 눈치를 살폈다.

"이봐, 그 소문 들었어?"

"뭔 소문?"

"이번에 각 제국과 왕국이 능력있는 인재들을 선발하기 위하여 기사 학교와 스카이나이트 기사 학교의 문을 활짝 열었다네."

"그럼 우리 같은 평민들도 입학할 수 있다는 말이야?"

"그렇지. 원래 바즈란 제국이야 능력을 중시하는 곳이니 상관없지만 다른 제국과 왕국들까지 이럴 줄은 몰랐네."

국경 쪽에 위치한 덕분에 장사가 잘되는 샤두르 백작성의 여관.

하메르의 단골 여관은 상당히 넓었고, 용병들과 상인들을 수용하고도 백여 명의 사람들이 술을 마시며 이야기꽃을 피우고 있었다.

그 와중에 뒤쪽에서 들려오는 솔깃한 이야기 하나.

"이거 이러다 큰일 나는 거 아닌가 모르겠어. 왜 이렇게들 전력을 비축하려 하는지……."

"자네들에게만 얘기하는데, 요즘 전쟁 상인들이 대박을 치고 있대. 갑자기 병장기며 각종 광물 거래 가격이 두 배씩 뛰었다고 해."

"벌써 두 배씩이나?"

"이럴 줄 알았으면 우리도 곡물 말고 전쟁 물품이나 취급할 것을……."

'대륙에 무슨 일이 있나?'

아이란 상단 상인들도 그렇고, 다른 상인들의 말에서도 느껴지는 대륙의 긴장감.

피부에 와 닿지는 않지만 무언가 일이 터질 것은 분명한 것 같았다.

"저… 카이어 마법사님."

"네?"

골똘히 생각에 젖어 맥주잔을 만지작거리고 있는 나를 은밀히 부르는 상인 하메르.

"실례지만 어디까지 가시는지요?"

"그건 왜 묻는지요?"

나를 마법사라고 깍듯이 대우해 주지만 나이도 많은 어른이기에 반말을 할 수는 없었다.

"혹시 가시는 길이 겹치시면 저희 상단을 좀……."

'바즈란 제국에 블랙 와이번이 있다 그랬지.'

구라를 치는 히스였지만 블랙 와이번에 대한 정보는 틀린 것 같지 않았다.

그리고 뒷자리의 상인들이 말하기를, 바즈란 제국은 본래부터 능력을 중시하는 곳이라 하였다.

"바즈란 제국까지 갑니다."

"바, 바즈란까지 말입니까?"

"네. 왜, 가면 안 됩니까?"

"아니, 그게 아니라 저희와 가는 방향이 달라서."

말을 하면서도 실망의 빛을 감추지 못하는 하메르의 표정.

'흐흐, 다행이군.'

신이 도우사 구라 용병단과 헤어질 수 있는 절호의 찬스.

놓치면 바보였다.

"정말 아쉽군요. 이왕이면 인연있는 아이란 상단과 같이 가면 좋을 텐데."

"그러게 말입니다. 알티어스, 혹시 우리 상단에서 바즈란에 갈 상행이 있나 알아봐 주게."

"아! 그러고 보니 루메스님이 이끄시는 포도주 운반 상단이 내일 국경 부근에서 출발한다고 합니다."

"그래? 그럼 다행이군. 가서 속히 연락하게. 뛰어난 마법사님께서 저렴한 봉사료로 바즈란까지 간다고 말이야."

'헐, 이 양반들이 털도 안 뽑고 잡아먹으려고 하네! 저렴한 봉사료?'

누가 상인 아니랄까 봐 머리를 빛나게 굴리는 하메르.

"자, 모두 건배합시다! 우리의 굵고 짧은 우정을 위하여!"

자리에서 일어나 블랙 와이번 용병단과 상인들을 향하여

잔을 높이 들었다.
 "위, 위하여~!"
 "우정을 위하여!"
 다들 술이 만취한 용병단.
 '우정을 위하여' 라 외치며 술을 들이켰다.
 '다들 바이 바이!'
 아쉽지만 더 이상 비전 없는 용병단과 인색한 상인들을 따라다닐 수는 없었다.
 '바즈란 스카이나이트 기사 학교! 움하하하! 기다려라! 이 강혁님이 가신다!'
 현대로 치자면 공군사관학교에 해당하는 대륙 엘리트 코스.
 나의 화려하게 펼쳐질 미래를 꿈꾸며 맥주를 시원하게 들이켰다.
 앞으로 펼쳐질 내 인생이 비단길과 같이 술처럼 술술 잘 넘어가게 해달라고 신들께 간절히 기원하면서.

Chapter 18
황실 근위 스카이나이트

21세기 대마법사

휘이이이이잉! 휘이이이이잉!

'북쪽 지방이라 춥긴 춥네.'

칼리얀 대륙에 도착한 지도 어느새 몇 달의 시간이 훌쩍 흘렀다.

그 흘러버린 시간은 어느새 겨울을 알려왔고, 북쪽 지방에 위치한 바즈란의 날씨는 상당한 추위를 안겨주었다.

'씨이, 누가 소설에다가 이동 마법진을 마탑에서 이용할 수 있다고 그랬어? 콱 잡히기만 해봐! 파이어 볼로 머리카락을 파마로 지져 버릴 테니까!'

과거 읽었던 판타지 소설을 기억 삼아, 샤두르에 있는 어느 마탑 지부에 들어가 이동 마법진을 이용하고 싶다고 가격이 얼마냐며 점잖게 말을 꺼냈다.

한 번도 이용 안 해본 촌놈처럼 보이면 바가지 쓸 수도 있기에 다 알고 있다는 식으로 말을 꺼냈던 나.

그런 나를 동그란 눈으로 보던 견습 마법사와 4서클 마법사.

잠시 후, 갑자기 화를 벌컥 내더니 파이어 볼을 펼치며 빨리 꺼지라고 고래고래 소리를 쳤다.

결국 나는 황급히 도망쳐 나와야 했다.

'썩을! 그래, 나도 읽으면서 수상했어. 공간 이동을 하는데 저서클 마법으로 이동한다는 게 말이 돼?'

머릿속에서 그려지는 마법 정보.

이동 마법진을 펼칠 수 있는 최소 서클은 7서클 워프 마법부터였다.

그것도 좌표를 숙지한 상태로 마나량에 비례하여 거리가 정해지는 냉정한 이동 마법진.

그런 사실을 알고 있던 내가 잠시 맛이 갔었다.

혹시나 하는 마음에 찾아갔다가 욕만 바가지로 얻어먹었던 것이다.

'휴우, 그래도 왔긴 왔네.'

마탑에서 그렇게 쫓겨난 나는 물어물어 바즈란 제국 황성을 향해 말을 몰았다.

그러나 난관은 그것이 끝이 아니었다.

각 영지나 국경을 지날 때마다 시비를 거는 병사들과 기사들 때문에 나중에는 용병 길드에 들러 1급 용병패를 받아야 했다.

다행스럽게 용병 길드는 많은 것을 캐묻지 않았다.

내가 파랗게 오러 블레이드를 펼쳐 내자 이름이 적혀 있는 1급 용병패를 공손히 만들어 바쳤다.

그리고부터는 수월하게 영지들을 통과하여 두 달의 여행 끝에 바즈란 제국 황도를 눈앞에 둘 수 있었다.

'짧은 시간이었지만 재미있는 여행이었어.'

제법 잘 만들어진 지도를 바탕으로 말을 타고 달려왔던 두 달여의 여행길.

길이 같은 방향이면 상단이나 용병들에 합류하여 최신 정보를 수집했고, 풍찬노숙도 하면서 여행의 참맛을 깨닫기도 했다.

'제국 황성이라더니 크긴 크네.'

지금까지 지나쳐 온 성이나 요새와 비교할 수 없는 거대한 성벽의 그림자.

대북부평원이라 불리는 넓은 평원에 우뚝 솟은 바즈란 제국 황성은 수십 미터는 될 듯한 높이의 성벽들이 눈길이 닿는 곳까지 외벽을 이루고 있었다.

'200만 명이 사는 도시라더니······.'

제국 황성답게 외성벽 안에 살고 있는 사람의 숫자만 해도 무려 200만.

현대 도시에 비하면 그리 많은 숫자가 아닐 수 있지만 과학 기술이 발달하지 않은 칼리얀 대륙 수준에 비하면 엄청난 숫자였다.

더욱이 제국 신민의 숫자가 수천만 명에 정규 병사만 80만이라는 소리에 입을 턱하고 벌렸다.

'보통 왕국이 보유하고 있는 스카이나이트 숫자는 200기. 제국들은 300에서 500 사이의 스카이나이트가 존재한다 이거지.'

중점적으로 수집한 정보는 스카이나이트에 대한 것.

나의 꿈 파라다이스를 건설하기 위해서는 필요충분조건이 될 수밖에 없었다.

기사나 마법사, 병사들의 전력도 중요했지만 이곳 대륙은 스카이나이트 숫자로 국력을 판단하였다.

'이곳에서는 무엇이 나를 즐겁게 해줄까? 한번 달려가 볼까?'

낯선 이방인이 아닌, 사부처럼 지구를 휘젓는 주인처럼 살고 싶었다.

 어차피 피할 수 없이 주어진 운명이라면 그 안에서 즐기는 것이 진정 똑똑한 자의 선택일 것이다.

 "우드야! 달려라! 이랴!"

 히이이이잉!

 두 달 동안 정이 듬뿍 들었던 호나우드.

 내 말을 알아듣기라도 하는 듯 앞발을 높이 들어 올리고 울음소리를 힘차게 내었다.

 다가닥! 다가닥! 다가닥!

 그리고 찬바람에 허연 입김을 토하며 호나우드는 내달렸다.

 모든 길은 로마로 향한다는 말처럼 쭉쭉 뻗은 제국의 관도를 타고 그렇게 나는 바이샤 황도를 향해 달렸다.

 풍운의 꿈을 가득 품고서.

 "우와~!!"

 참으려 하였건만 입 밖으로 튀어나오는 감탄사.

 '이게 다 뭐야! 죽인다, 죽여!'

 수집한 정보에 의하면 바즈란 제국을 건국한 초대 황제 알바트리온은 평민의 자식이었다고 한다.

 그러다 우연찮게 블랙 와이번을 얻게 되어 귀족을 거쳐 대륙 혼란기에 제국을 건설하였다 한다.

그렇기에 다른 제국이나 왕국에 비하여 바즈란 제국은 능력을 중요시하고 하였다.

'스카이나이트 기사 학교 시험 시기는 내일부터 약 보름간이라 했지.'

딴짓 안 하고 정보 수집을 하며 말을 달려 바즈란 제국까지 온 이유는 그거였다.

평민들에게까지 개방된 스카이나이트 기사 학교 특별 전형 시험.

능력만 있다면 기사가 될 수 있는 곳이 바즈란이었다.

'인재를 고루 등용하였음이 이 제국이 성장할 수 있던 발판이었겠지.'

용병패를 내밀고 높이 15미터 이상의 두터운 외성 안으로 들어서자 보이는 제국 황도의 풍경.

일단 보이는 것은 성문을 오가는 수많은 마차와 사람들의 물결.

주말에 종로로 사람들이 꾸역꾸역 몰려드는 인파처럼 엄청난 사람들이 물결을 이루며 오갔다.

'역시 큰물이 좋은 것이야!'

지금껏 지나쳤던 영지와는 비교할 수 없는 규모와 인파.

거기에 고풍스러워 보이는 수없이 늘어선 석조 건물까지.

내가 그리던 판타지 세계와 똑같았다.

'일단 돈부터 찾아야겠지. 사람이 인상이 반절이라 했으니.'

품에 있던 돈만으로도 충분히 여행이 가능했다.

하지만 이제부터는 엘리트 코스를 밟아야 하는 기사로 거듭나는 길.

적당한 품격을 유지하고 싶었다.

"저… 혹시 쉴 곳을 찾으십니까?"

두리번거리며 루비스 상단의 지점에 대하여 물어보려 사람들을 물색하는 순간, 밑에서 들려오는 가느다란 음성.

'호객꾼인가?'

이제 갓 열두 살 정도로 보이는 소년이 낡았지만 깨끗한 옷차림으로 눈을 반짝이고 있었다.

'다른 녀석들은 나를 잡지도 않는군.'

아직 어려 보이는 꼬마 녀석.

다른 덩치 큰 놈들은 성으로 들어서는 좀 있어 보이는 상인이나 사람들에게 호객질을 하고 있었건만, 힘에 밀려난 듯 꼬마는 나에게 수줍게 말을 건네고 있었다.

"최고로 맛있는 음식과 편안한 잠자리를 알고 있느냐?"

"네? 네! 황도에서 가장 맛있는 음식과 안락한 숙소를 소유한 여관들을 알고 있습니다. 제가 안내해 드릴까요?"

'요 녀석 봐라? 귀엽네.'

어린아이였지만 먹고살아야 하는 생업 전선에 뛰어들 수밖에 없는 이유를 가졌음이 분명한 꼬마.

호객하는 다른 아이들과 달리 말하는 품세가 제법 의젓했다.

"한번 기대해 보마."

"감사합니다!"

승낙이 떨어지자 말고삐를 잡는 꼬마.

짠하면서도 대견한 마음이 들었다.

"이름이 뭐냐?"

"헤헤. 제 이름은 알렉스입니다."

"그래, 알렉스. 혹시 루비스 상단 지부를 알고 있느냐?"

"루비스 상단이요? 당연하죠. 상인들의 거리에 가장 큰 건물이 바로 루비스 상단 지부 건물인걸요."

"여기서 가깝더냐?"

"네! 저기 보이는 대로변 우측에 상인들의 거리가 있습니다. 그리로 모실까요?"

"그래. 부탁한다, 알렉스."

어린 녀석이건만 씩씩하기 그지없는 모습.

루나 마을의 악동 데론과는 천지 차이였다.

'얀스와 세실은 잘 있나 모르겠네.'

자메르에게 부탁하고 왔지만 걱정이 살짝 되었다.

영주를 그렇게 패대기쳤으니 앙심을 품은 영주가 마을에 해코지를 할 수도 있었다.

'루나 마을에 손대기만 해봐. 다 파묻어 버릴 테니까.'

나에게 고향 같은 루나 마을.

신경이 안 쓰일 수가 없었다.

"다 왔습니다. 여기가 루비스 상단 지부입니다."

씩씩하게 알렉스가 목적지에 왔음을 알려왔다.

'호오, 잘나가는 대기업답군.'

명동 거리만큼이나 화려하고 수많은 상점들이 늘어선 거리.

다른 건물들을 압도하는 5층짜리 석조 건물.

만족한 미소를 지으며 말에서 내렸다.

"알렉스, 다녀올 테니 잠시 기다리고 있어라."

"네, 걱정하지 마세요."

'녀석.'

귀엽고 당찬 모습에 머리를 한 번 쓰다듬어 주고 루비스 상단 지부를 향해 걸어 들어갔다.

"어떻게 찾아오셨습니까? 이곳은 물건을 파는 곳이 아닙니다만······."

치안이 안정된 제국 황도였건만 검을 찬 이 두 명이 상단 입구를 막아섰다.

"내 돈을 찾으러 왔소."

"……?"

돈이라는 말에 나를 위아래로 훑어보던 두 명의 경비무사.

"지금 장난하나? 여기가 감히 어디… 헉!"

장기간의 여행에 두꺼운 여행자 로브는 먼지에 뒤덮여 낡은 상태.

나라도 나 같은 사람을 대기업이라 할 수 있는 상단 안에 들이지는 않을 것이다.

하지만 나에게는 자메르가 건네준 지배상인을 증명하는 철패가 있었다.

"지, 지배상인 철패!"

"어서 오십시오!"

나를 적극적으로 막아서던 경비무사가 놀라는 사이, 다른 한 명의 무사가 고개를 깍듯하게 숙였다.

"이제 들어가도 되겠소?"

"정말 죄송할 따름입니다. 어서 안으로 드십시오."

황송한 표정을 지으며 상단의 문을 여는 경비무사.

"잘들 하세요, 잘들. 사람들이 겉모습만 보고 판단하고 말이야. 쯧쯧."

"네? 아, 알겠습니다."

꾸벅 고개를 숙이는 경비무사들을 제치고 열린 문 안으로 당당히 어깨를 펴고 들어갔다.

'특급 고객? 자메르가 보는 눈이 있다니까.'

루비스 상단에 들어가 자메르가 건네준 철패를 내밀자 지점 지배인이라는 자가 나타나 고개를 꽉 숙였다.

몇 달 사이에 무슨 일이 있었는지 열두 명의 지배상인에서 세 명뿐인 총지배상인으로 승진했다는 자메르.

자메르를 상징하는 철패는 대단한 위력을 보였다.

내가 받을 1만 골드에 이자가 어느새 수백 골드까지 불어나 있었고, 각 지점에 총지배상인 자메르의 명으로 고위 귀족들에게 배당되는 특급 고객으로 분류되었다고 지배인은 따끈한 차를 내주며 설명해 주었다.

'루비스 상단에서 취급하는 모든 물건에서 20% 할인 혜택이 있다 이거지. 그리고 신용대출도 10만 골드까지 가능하고 말이야.'

21세기 은행 역할과 비슷한 대규모 상단들.

자메르의 파격적인 대우에 기분이 좋아졌다.

'앞으로 그대로만 해. 내가 꽉꽉 밀어줄 테니까.'

"여기가 제가 추천하는 엘마르의 휴식터입니다. 귀족 분들도 쉬어 가시고는 하는 최고급 휴식터 중 한곳입니다."

많은 돈을 인출할 필요가 없기에 약 1,000골드만 찾았다.

다피스 왕국 화폐로 거래했건만 골드 동전이 황금으로 주조해서 그런지 제국에서 같은 단위로 취급을 받았다.

'그래, 이 정도는 되어야지.'

상인의 거리에서 요즘 황도에서 유행한다는 하얀색 슈퍼 튜닉과 겨울용 검정 가죽 망토를 구입해 걸쳤다.

현대 의상에 비하면 편리성은 좀 떨어졌지만 천연 재료로 만들어서인지 착용감은 아주 훌륭했다.

그리고 내 눈에 보이는 5층 규모의 건물.

입구에 황금 간판으로 엘마르의 휴식터라 쓰여 있는 건물은 한눈에 보아도 최고급 여관이 분명했다.

"어서 오십시오!"

말을 멈추고 서 있자 입구를 지키고 있던 두 명의 깔끔한 복장의 종업원이 다가와 고개를 숙였다.

"알렉스, 수고했다."

"수고라니요. 헤헤, 멋진 기사님 덕분에 오늘 일용할 양식을 얻을 수 있는걸요. 감사합니다. 축복의 여신 세미르님의 이름으로 평안을 빌겠습니다."

'녀석……'

어린 나이건만 당당하고 멋진 모습을 보이는 알렉스.

"저기 주방 뒤쪽에 가 있어라."

"네!"

알렉스에게 빨리 꺼지라고 눈치를 주는 종업원들.

아마도 이렇게 손님을 끌고 오면 주방에서 먹을 것을 주는 것 같았다.

"잠깐, 알렉스. 수고비는 받아가야지."

"네, 수고비요?"

몸을 돌려 여관 뒤편으로 가려던 알렉스가 내 얼굴을 보았다.

팅!

품속 주머니에서 골드 하나를 집어 알렉스에게 던졌다.

탁!

얼떨결에 손을 들어 금화를 잡은 알렉스.

"허억! 이, 이것은……?"

고마움보다는 얼굴이 새파랗게 질려 버린 알렉스의 모습.

"골, 골드!"

알렉스뿐만 아니라 종업원들의 모습도 경악에 차 있었다.

"앞으로도 지금처럼만 살아라. 그러면 네가 꿈꾸는 미래는 반드시 열릴 것이다."

과거의 나를 보는 것 같은 알렉스의 당당한 모습에 한마디 해주었다.

"고, 고맙습니다."

금화를 두 손에 들고 파르르 몸을 떨던 알렉스가 고개를 깊숙이 숙여왔다.

나에게는 작은 돈에 불과했지만 알렉스에게는 아마 평생 만져 보지 못한 거금이 분명할 것이다.

그리고 나는 믿었다.

큰돈을 가졌다 해서 허투루 쓸 놈이 아니라는 것을 말이다.

'그래, 돈은 이렇게 쓰는 거야.'

개처럼 벌어서 정승처럼 사용하라는 선조들의 명언.

말에서 내려 여관 안으로 걸어 들어갔다.

"이, 이름이 어떻게 되세요? 이름을 알려주세요."

알렉스가 울음이 가득한 목소리로 이름을 물어왔다.

"카이어, 내 이름은 카이다."

"카이어······."

이름을 기억하려는 듯 읊조리는 알렉스.

녀석의 부드러운 머리칼을 쓰다듬으며 여관으로 발걸음을 옮겼다.

이제는 편안한 곳에서 쉬고 싶었다.

즐거웠지만 여행이라는 것은 제법 피곤한 일 중 하나였다.

또로로로록.

"크으! 좋다!"

매일 아침 클리어 마법으로 몸을 씻었기에 때는 없었지만 따뜻한 물에 몸을 담그고 목욕을 하는 기분은 제대로의 즐거움이었다.

"마법이 발달해서 그런가?"

하루에 3골씩 하는 최고급 특실을 빌렸다.

그리고 대리석으로 만든 것 같은 넓은 탕 속에 들어가 묵은 피로를 날렸다.

그런 내 눈에 보이는 방의 전경.

우리 집 45평 아파트에 버금가는 넓은 방.

푹신하고 깨끗해 보이는 넓은 침대와 어머니가 좋아하실 앤티크 스타일의 가구들.

부모님의 결혼기념일에 따라가 묵었던 호텔 특실만큼 훌륭했다.

"라라~ 라라라라~"

넓은 탕 속에 누워 있자 절로 나오는 콧노래.

눈을 감고 지그시 생각 속에 잠겨 들어갔다.

'스카이나이트 선발 시험이라……. 후후. 수학능력 시험을 치르는 기분이네.'

내일부터 시작될 스카이나이트 선발대회.

합격은 따놓은 당상이지만 시험에 대한 긴장감은 온몸을

짜릿하게 만들었다.

똑똑.

그때 문밖에서 똑똑 하는 소리가 들려왔다.

"누구십니까?"

'누구야? 딱 좋았는데.'

나른한 기분을 더 즐기고 싶었지만 노크 소리 때문에 기분이 확 깨었다.

"지배인입니다."

들어설 때부터 손을 비비며 간사한 웃음을 흘리던 점박이 놈팡이 얼굴 하나가 떠올랐다.

"무슨 일입니까?"

"저, 손님, 실례하지만 방을 바꿔주시면 안 되겠습니까?"

'방을? 이 양반이 정신 나갔나!'

"싫습니다."

탕에 누워서 눈을 감고 싶다고 말했다.

"손님, 제발 부탁입니다. 돈은 받지 않을 터이니 다른 방에 가서 묵어주십시오!"

방문 앞에서 사정조로 얘기하는 지배인의 목소리.

절박함이 잔뜩 묻어 있었다.

"싫다니까요."

"손님, 저뿐만 아니라 손님도 다칠 수가 있습니다. 귀족 분들이 특실에 머물기를 원하고 계십니다. 제발 방을 바꿔주십시오~! 제발!"

'귀족? 이런 거지발싸개 같은 놈들을 봤나.'

"뭐야! 아직도 방을 비우지 않았어?"

"감히 도련님이 방을 원하시는데 이깟 방 하나 못 비워!"

"아이고! 살려주십시오, 기사님들!"

귀족에 대한 안 좋은 기분을 팍팍 받고 있을 때, 문밖에서 들려오는 아기자기한(?) 대화들.

퍼억!

"크악!"

대화에 이어 물리적 행동을 알리는 묵직한 타격음이 귓가에 울렸다.

덜컹.

"야! 어떤 놈이야! 방을 빼라면 뺄 것이지!"

'얼라리요? 저것들 봐라?'

기분 좋게 내일 치를 시험에 대비하여 컨디션 점검을 하고 있는 내 눈앞에 나타나는 두 명의 기사.

두툼한 플레이트 마법 갑옷 위에 푸른 망토를 걸친 기사 둘이 거칠게 방문을 열고 들어섰다.

'이런 싸가지들 하고는!'

내 허락도 없이 문을 열고 거침없이 들어서는 두 놈의 기사.

"간덩이가 부었구나! 귀족이 사용하기를 원하는데 감히 거절을 해?"

"마지막 경고다! 옷 처입고 빨리 눈앞에서 사라져!"

오만한 말투로 경고를 날리는 기사 두 놈.

얼굴이 살포시 일그러지는 것은 사람이라면 당연한 일이었다.

"싫은데?"

"뭐? 시, 싫어?"

"크크, 이놈이 감히 기사를 능멸하다니 죽고 싶어 환장한 놈이구나."

어이없는 표정을 짓는 두 기사 놈.

"개처럼 질질 끌려가야 정신을 차릴 놈이군."

"감히 평민 놈이……!"

철컥철컥.

먼지가 잔뜩 묻어 있는 갑옷을 걸치고 나에게 다가오는 자들.

기분이 최악을 달렸다.

"한 발자국이라도 더 다가오면 책임 못 진다."

스카이나이트 기사 학교에 입학을 앞둔 상태에서 괜히 소란을 일으키고 싶지 않았건만 시비를 걸어오는 자들.

"푸하하하! 책임?"

"이런 꼬맹이 녀석이 어디서!"

철컥철컥.

경고를 무시하고 다가오는 자.

스윽.

물속에서 잠겨 있던 손을 밖으로 끄집어내었다.

"라이트닝!"

그리고 울리는 짧은 3서클 마법 영창.

찌지지지지지직!

"크아아악!"

"으아아아아악!"

비릿한 웃음을 지으며 다가오던 기사 두 놈.

마법 방어도 안 되는 싸구려 갑옷을 착용했는지 스파크를 일으키며 비명을 질렀다.

쿠구궁!

그리고 잠시 후, 모락모락 연기를 풍겨내며 마룻바닥에 그대로 일자로 쓰러졌다.

'썅! 어떤 새끼야!'

사냥개를 풀어놓은 주인 놈이 문제지 충실한 사냥개가 무슨 죄가 있겠는가.

촤르르륵.

복도에서 불어오는 찬바람을 맞으며 물속에서 일어났다.

부르르.

몸에 느껴지는 털이 솟구치는 한기.

'다 죽었어.'

귀족이고 나발이고, 지금 필요한 것은 나의 잔잔한 평화를 깨뜨린 자에 대한 분노의 발산.

이를 갈며 옷을 입어갔다.

나의 기분을 망가뜨린 귀족 놈이 어떤 얼굴인지 한번 보고 싶었다.

"호호, 정말 다행이에요. 알폰소님을 만나지 못했다면 방을 구하지 못했을 것이에요."

"하하, 뭐, 제가 한 일이 있습니까. 제가 아니었더라도 루시에라님의 기사들이 구했을 것입니다."

"소문에 라이폰 자작가의 로드께서 기사도가 충실한 귀족의 자제시라더니 그 말이 사실인 것 같습니다. 타이몬 남작가의 이름으로 다시 한 번 감사를 표하는 바입니다."

기절한 기사들과 지배인을 뒤로하고 방에서 나와 아래층 식당으로 내려오자 들려오는 낯간지러운 소리들.

'놀고들 있네.'

기사들 십여 명의 보호를 받으며 두 명의 귀족 자제로 보이는 재수 백 년짜리들이 서로 얼굴에 금칠하기 놀이를 하는 중이었다.

"그저 부끄러울 따름입니다. 스카이나이트 선발 시험을 허락하셔서 이런 인연을 만들게 해주신 영명하신 황제 폐하와 인연의 신 로메로님께 감사를 돌릴 뿐입니다."

"호호, 저 또한 알폰소님을 만나게 해주신 고귀하신 영혼을 소유하신 황제 폐하와 축복의 여신 세미르님께 감사를 드리는 바입니다."

'으으! 갑자기 솟아오르는 이 닭살의 정체는 무엇이더냐!'

내려가는 계단 위에서 듣고 보이는 광경에 온몸에 소름이 쫘악 돋았다.

나름대로 나도 느끼한 대사를 날릴 줄 아는 인간이지만 저들은 차원을 달리했다.

타고난 쌈꾼 표도로와 동네를 주름잡는 유치원 골목대장 명성만큼 말이다.

"그런데 기사들이 내려오지 않네요. 먼 길을 와서 쉬고 싶은데……."

여성들이 착용하고 있는 드레스가 아닌 하얀 마법사 복장을 하고 있는 계집.

얼굴은 제법 반반했지만 눈초리가 치켜 올라간 모습이 남자 여럿 잡아먹을 백여우로 보였다.

"피트 경, 왜 기사들이 오지 않는가?"

마법사 여인이 살짝 이마를 찡그리자 옆에 있던 기사에게 호통을 치는 남자 녀석.

싸가지없는 계집과 쌍벽을 이룰 거만함이 뚝뚝 흐르는 전형적인 귀족 놈의 모습이었다.

"제가 올라가 보겠습니다!"

이중문이 존재하는 최고급 오층 특실 때문에 기사들의 처절한 비명을 듣지 못한 놈들.

피트라는 기사가 황급히 고개를 숙이고 등을 돌렸다.

그 순간 계단에 서 있던 나와 눈이 마주친 사십대 초반의 피트라는 기사.

씨익.

입가에 자연스러운 미소가 흘렀다.

"……."

미소의 정체를 파악하지 못하고 눈동자에 의문을 표하는 피트.

"하하! 저를 급히 찾는 분들이 누구십니까? 기사 교육도 제대로 받지 못해 싸가지없이 목욕을 즐기고 있는 제 방에 함부로 침입한 정신 나간 기사들의 주인이 어디에 계시나요~?"

맑은 웃음을 터뜨리며 아주 큰 소리로 외쳤다.

차자자장!

그 순간 요란하게 울리는 검의 비명.

멍청하진 않았는지 내 말뜻을 다 알아들은 것 같았다.

"네, 네놈은 누구냐? 나의 기사들은 어디에 있느냐?"

스스로 기사 교육도 제대로 받지 못하고 싸가지없는 기사들의 주인을 자처하는 알폰소라는 놈.

시뻘겋게 변한 얼굴로 자리에서 벌떡 일어났다.

'썩을, 오늘 개 값 문다!'

내일 일은 내일 걱정할 문제.

오늘 나의 기분을 더럽게 만든 책임을 반드시 묻고 싶었다.

"기사들이요? 그분들은 아주 쫘악 뻗은 채로 천당과 지옥을 왔다 갔다 하고 있을 것입니다. 같이 가보고 싶나요?"

비릿한 미소를 머금고 살살 놈을 약 올렸다.

다짜고짜 나의 두 달 만의 평안을 방해한 놈은 지금 내 일생일대의 원수에 버금갔다.

"감히 귀족을 능멸하다니! 죽고 싶은 것이더냐!"

피트라는 자가 눈을 부라리며 호통을 쳤다.

"능멸 좋아하네. 당신 같으면 기분 좋게 목욕하고 있는데 방 빼라고 문을 벌컥 열면 좋겠어? 밥 먹으려고 수프에 빵을 적셨는데 코 풀면 좋겠냐고?"

그동안 쌓였던 귀족들과 기사들의 행태에 딱 터지기 일보 직전이었던 나.

황실 근위 스카이나이트

씩씩거리며 나의 정당한 이유를 호기심 가득한 눈으로 바라보고 있는 식당 안의 수십 명의 사람들에게 알렸다.

"당연한 귀족의 권리다! 어디서 지엄한 황법으로 보호받는 귀족의 일에 비천한 평민 놈이 반항을 하는 것이더냐! 피를 봐야 잘못을 참회할 놈이구나!"

전혀 반성의 기미가 보이지 않는 귀족 놈의 새끼.

'여기만 기사 학교가 있냐!'

사나이가 정당한 화를 냈으면 전봇대라도 들이받아야 하는 법.

바즈란 제국에만 스카이나이트 기사 학교가 있는 것은 아니었다.

내 능력이라면 서로 오라고 바짓가랑이를 잡고 스카우트할 수많은 왕국들.

오늘 평생 잊지 못할 21세기 평민 주먹맛이 어떤지 똑똑히 맛보여주리라 마음먹었다.

"권리? 오우거 지르박 스텝 밟는 소리 하고 자빠졌네. 너는 하루에 다섯 끼를 먹냐, 똥을 세 번 싸냐? 재수없이 느끼한 말만 뱉어내는 놈이 귀족은 무슨! 오늘 비천한 평민의 뜨거운 주먹 맛 좀 봐라!"

위이이이이이이이잉!

말을 마치고 5서클 마나를 활성화시켰다.

창!

그리고 빼어 드는 두툼한 검.

"쳐라! 저놈의 목을 베어버려!!!"

나의 알아듣지 못할 막말에 새파랗게 얼굴이 질린 알폰소라는 놈이 기사들에 살인을 명했다.

"죽어!"

파바바바바밧!

알폰소만큼이나 잔뜩 열이 받은 기사들이 검에 오러 블레이드를 담았다.

지렁이가 꿈틀거리는 정도의 미약하기 그지없는.

'다 죽었어!'

먼저 시비를 걸어오는 놈에게 베풀 자비는 나에게 없었다.

정당방위! 거기에 더하여 인성 교육을 위한 사랑의 매, 아니, 검을 빼 들었다.

"움하하하하하! 오늘 내 세상 무서운 줄 가르쳐 주마, 이 오크 똘마니 같은 놈들아!"

가슴을 열고 시원한 웃음을 터뜨렸다.

천하에 무서운 것이라고는 부모님밖에 없는 나.

감히 그런 나를 열받게 만든 자.

내가 줄 것은 오직 뜨거운 분노밖에 없었다.

쉬이이익!

황실 근위 스카이나이트 297

피트라는 자의 검이 배를 향해 빠르게 찔러왔다.

"악!"

"으아악!"

구경하고 있던 이들이 비명을 질렀다.

'어디서!'

계단 아래쪽에서 찔러오는 검이기에 마나를 모아 검을 내리쩍었다.

까앙~!

맑게 울리는 검명.

그대로 오른발을 들어 피트라는 자의 아구창을 날려 버렸다.

퍼억!

콰다다다당.

강력한 일격에 한 3미터쯤 날아가 바닥에 처박히는 갑옷 입은 몸뚱이.

입 주변을 맞았기에 비명도 지르지 못하고 그대로 혼절해 버렸다.

"저, 저놈이! 뭐 하나! 어서 죽여 버려!!"

악을 쓰는 알폰소.

"타오르는 불의 분노, 어둠 속에서 비추는 광명……."

기사들이 멈칫하고 있는 사이 마법사 복장을 한 계집년이 파이어 볼 마법 시동어를 외웠다.

'독한 년!'

나 하나를 잡기 위하여 건물을 불바다로 만들지도 모를 마법을 펼치려는 악독한 계집.

콰드득!

잡고 있던 나무 난간을 뜯었다.

'아가리 닥쳐!'

그리고 그대로 정신을 집중하여 마법을 펼치려는 계집을 향해 던졌다.

퍼억!

"아아아악!"

아랫배에 얻어맞고 자리에 풀썩 주저앉는 여우 같은 년.

파스스스.

드레인되던 마나들이 안개처럼 흩어졌다.

"귀, 귀족의 몸에 상처를 내다니! 어서 죽여! 저놈을 죽이란 말이야!"

'이제는 돌이킬 수 없는 강을 건넌 것인가. 크크.'

악을 쓰며 기사들을 닦달하는 알폰소라는 자.

"죽여!!"

기사들이 좁은 계단을 향해 몰려왔다.

"타앗!"

달려드는 기사들을 향해 마나를 검날이 아닌 검면에 가득 담았다.

그리고 야구 배트를 휘두르듯 선두에 선 기사의 몸뚱이를 그대로 힘껏 후려쳤다.

퍼어어엉!

"크아아아악!"

쇠와 쇠가 부딪쳤건만 가죽 북 터지는 소리가 울렸다.

콰다다다당!

그리고 뭉쳐서 달려오던 기사 놈 대여섯이 내 강력한 일격의 파장에 의하여 바닥을 나뒹굴었다.

'안 죽어, 이놈들아!'

재수없지만 살인까지는 저지르고 싶지 않았다.

그렇기에 적당히 힘 조절을 하며 갑옷 전체에 힘이 분산되도록 후려친 것이다.

"네, 네놈은 제, 제국 법이 무섭지 않더냐!"

기사가 몇 명 남지 않고서야 공포를 느끼는 듯 말을 더듬는 알폰소.

이제 목에 힘이 좀 빠진 것 같았다.

'후딱 해치우고 튀자!'

내가 바보도 아니고 제국 황도에서 귀족과 기사들을 두들겨 팼으니 곧 황도 수비병들이 달려올 것은 자명한 일.

가장 재수없는 알폰소라는 자를 향해 다가갔다.

"너는 좀 맞아야 해."

저벅저벅.

놈의 떨리는 눈동자를 응시하고 천천히 걸음을 옮겼다.

한 걸음 옮길 때마다 주춤주춤 뒤로 물러나는 놈.

기사들이 검을 들고 엉거주춤 앞을 막아섰다.

"흐흐흐……"

사악한 웃음을 지으며 검을 치켜 올렸다.

그리고 마나를 돋워 파란 오러 블레이드 광채를 뿜어내었다.

"오, 오러 블레이드 나이트!"

이제야 실력을 알아보는 기사 놈들.

"탓!"

짧은 기합을 지르며 검을 날려 떨고 있는 기사들을 후려쳐 갔다.

"멈춰!"

그때, 갑자기 들려오는 짧은 명령어.

찌릿.

등 뒤에서 날카로운 기세가 칼날처럼 느껴져 왔다.

"허억!"

갑자기 내 등 뒤를 보며 놀라는 사람들.

스윽.

고개를 돌렸다.

'오잉?'

제일 먼저 눈동자에 들어오는 색은 피보다 진한 붉은 망토.

그리고 두 번째로 보이는 것은 목에 두르고 있는 검은색 머플러.

마지막 세 번째로 보이는 것은 붉은 망토 안에 착용하고 있는 특이한 은빛 갑옷 하나.

"스, 스카이나이트!"

누군가의 입에서 스카이나이트라는 말이 튀어나왔다.

'헐!'

그리고 나도 놀랐다.

여관 안으로 들어서는 세 명의 고귀한 분위기를 잔뜩 흩뿌려 대는 스카이나이트.

그런 그들의 선두에 서서 나를 바라보는 한 사람.

신비한 은빛 머리칼을 붉은 망토 위에 길게 늘어뜨리고 터질 것 같은 붉은 입술을 살짝 깨물며 고민스러운 표정으로 나를 보고 있는 여인.

'여, 여자 스카이나이트?'

놀랍게도 나에게 멈추라는 말을 던진 이는 보는 순간 심장이 벌렁거릴 정도로 매력적인 여자 스카이나이트였던 것이다.

"제, 제국 황실 근위 스카이나이트……."

그리고 누군가의 입에서 발작적인 신음이 흘러나왔다.

'뭐야? 이들이 전설의 블랙 와이번의 주인들이야!'

『21세기 대마법사』 3권에 계속…

時空天魔

시공천마

자청 퓨전 무협 소설

혜성처럼 등장해 장르문학 사이트를
강타한 화제의 소설!
독자들이 인정한
퓨전 문학의 새로운 발견!

인류생존보호군 특수제거대 대장 이환,
슈퍼컴퓨터 무궁화의 음모에 빠져 핵폭발과 동시에
청와대와 함께 시공간의 틈으로 빨려 들어가다!
그리고 청와대 안 유일한 생존자
이환의 눈앞에 펼쳐진 1371년 어느 중국 땅!
"신이라고 믿는다면, 신이 되어주지.
무조건적인 착한 신을 기대했다면 슬픈 일일 거야.
주제를 모르는 것은 강철 따위로도 충분하니까!"

이환, 천마(天魔)의 마학을 이어 무림의 신이 되다!

 유행이 아닌 자유추구 -
WWW.chungeoram.com

Book Publishing CHUNGEORAM

이경영 소설

섀델 크로이츠
SCHADEL KREUZ

[2부] *Philosopher*
필라소퍼

정도를 추구하고 세상을 바로잡는
하얀 왕의 힘이 필요한 역전체 군단.
신의 존재에 가까운 '절대자'와
또 다른 천요의 등장.
그들의 목적은 헨지를 통한
공간왜곡의 문!

주어진 운명에 대항하는 자들과 이를 막으려는 자들.
그리고 밝혀지는 전설의 진실 앞에 또 다른
전설의 존재가 탄생하는데…….

섀델 크로이츠, 그들의 임무가 시작되었다.

유행이 아닌 자유추구 -
WWW.chungeoram.com
Book Publishing CHUNGEORAM

CHARM MASTER
참마스터

눈매 퓨전 판타지 소설

부적(Charm)이란

**만드는 자의 정성, 만드는 자의 능력, 받는 자의 믿음,
이 세 가지가 충족되어야 최고의 힘을 발휘한다.**

이계에서 넘어온 영환도사의 후손 진월랑!
아르젠 제국의 일등 개국 공신 가문이었던 이계인 가문, 진가가 하루아침에 몰락했다.
그것도 가장 믿었던 사람으로 인해.

홀로 살아남은 어린 월랑은 하루하루 생존 게임이 벌어지는
살인자들의 섬으로 보내지는데…….

**독과 부적의 힘을 손에 넣은 진월랑!
그가 피바람을 몰고 육지로 돌아온다.**

유행이 아닌 자유추구 -
WWW.chungeoram.com
Book Publishing CHUNGEORAM